落ちこぼれから始める白銀の英雄譚

Starting from the Bottom, a Heroic Tale of White Silver

——魔装同時変身

マリー・アンネ・
エマ・フォン・エンデ
銃を主武器とする操獣者。
のほほんとした性格だが、
変身すると──。
レイ・クロウリー
王獣スレイプニルとの契約を経て、
操獣者と成った少年。
アリス・ダンセイニ
レイの幼馴染で救護術士。常に
契約魔獣のロキを連れている。

「「「「クロス・モーフィング!!」」」」

落ちこぼれから始める白銀の英雄譚　2

Starting from the Bottom,
a Heroic Tale of
White Silver

CONTENTS

2

序　章 ▶ あれからどうなった?　003

第一章 ▶ あ、無免許操獣者!　007

幕間1 ▶ 悪魔、現る!　033

第二章 ▶ 水の街と幽霊騒動?　043

第三章 ▶ 悪魔の企み　162

第四章 ▶ 件の幽霊だーれだ　204

第五章 ▶ 波を合わせて　265

幕間2 ▶ 悪意黎明　307

終　章 ▶ それからどうなった?　311

イラスト／刀 彼方

序章 ▼ あれからどうなった？

小鳥のさえずりが心地よく鳴り響く朝。

レイは事務所でラジオを聞きながら、新聞紙を広げていた。

「【動けぬ船達。幽霊船に怯える街】……また変な事件が起きてるなぁ」

早朝に鳥形魔獣が運んできた新聞。

その一面を眺めながら、レイは眠そうに目をぱちぱちさせる。

グリモリーダーを操作してラジオの音量を下げつつ、レイは記事をぼうっと眺めた。

「なにかあったの？」

「デカい港町で幽霊船だとよ。正体不明の恐怖から商船がみんな足止め中だってさ」

「大変、だね」

「そうだな……ところでアリス、お前いつからいた」

「朝からずっと。怪我の経過観察」

「それはありがたいけど、せめて扉をノックしてから現れてくれ」

さも自然な光景ですと言わんばかりに、事務所で紅茶を淹れているアリス。

一応本人が言うには、救護術士としての仕事らしい。

「レイ、また無茶してそうだから」

「程々に止めてるってのﾞ」

マグカップに入った紅茶を飲みながら、抗議の視線を送るレイ。

キース・ド・アナスンが起こした事件が解決し、約一週間が経過。

レイは無事操獣者となり、フレイア率いるチーム：レッドフレアに加入した。

これからヒーローという夢に向けた前進が始まる……と、すぐにはいかない。

やるべき事は色々ある。特にレイは専属整備士だ。まずはフレイアが依頼してきた魔武具製作から。中に仕込む術式は既に完成しているので、後は材料が届くのを待つのみ……の、筈であった。

「まさか商船が来なくなるとはな」

「剣、作れないの？」

「オリハルコンすら不足してる。フレイアの専用器に使おうと思ってたヒヒイロカネに至っては在庫ゼロだ」

「困ったよね～。あっ、アタシにも紅茶ちょーだい」

「ほらよ。で、整備課にも問い合わせたら、向こうも在庫不足なんだってさ」

「あ～、ライラもなんか言ってたな～」

「……なぁ、そろそろツッコんで良いか？」

呑気にレイの隣で紅茶を飲む赤髪の少女は、キョトンとした表情を浮かべる。

「フレイア、お前いつから事務所にいた」

「レイが新聞読んでたあたりから。ノックしたらアリスが入れてくれた」

「扉を開けたらいたから入れた」

「テメェらは家主の許可を取るって事を知らないのか？」

レイの正論を笑って誤魔化すフレイア。

「それはそーとして。アタシの剣ってまだ時間かかるの？」

「この前も言ったけど、そもそも材料がないとどうしようもない」

「商船が来ないいんだっけ？　女子寮でも話題になってたなぁ」

「幽霊船だとかで足止め食らってるんだとよ。迷惑な話だ」

「幽霊船？　ワクワクワード？」

子供のように目を輝かせるフレイアに、レイは無言で新聞を押し付ける。

「……なんか字ばっかで難しい」

「お前なぁ、操獣者なら新聞くらい読み慣れとけ」

操獣者の活動は世界規模で行われる事も珍しくない。故に大きなギルドに所属する操獣者は情報収集に余念がないものだ。新聞も読んで当然の代物である。

「そういえばフレイア。今日はなんの用だ？　剣ならまだ先だぞ」

「あっ、そうだ！　剣じゃなくてもっと大事な用事！」

そう言うとフレイアは慌ててグリモリーダーを操作し、誰かと通信を始めた。

「あっ、マリー？　今どこなの？」

聞きなれない名前が出てきて、レイは少し訝しげな表情をする。

「うん……分かった！　本部前で会おうね」

「友達と会う予定でもあるのか？」

「友達と言うより、マリーは仲間」

「へぇ……え？　仲間？」

「うん、レッドフレアの仲間。今日セイラムに帰って来るんだ〜」

「なぁアリス、もう一人チームメンバーがいるって知ってたか？」

「……初耳」

「なんだよ今の間は。いやそれはともかく。フレイア、もう一人仲間がいるなら早く教えてくれよ」

「ごめんごめん。最近ドタバタしすぎてタイミング逃してた」

「それ言われたら何も言い返せないな」

それはともかく、とフレイアはレイの手を引いて事務所を出た。

腕を引っ張られながらフレイアの猛ダッシュに付き合わされるレイ。

「おいフレイア、まさかとは思うけど!?」

「うん。今から会いに行くよ！」

あっという間に事務所から見えなくなってしまった、レイとフレイア。

そんな二人の後ろ姿をアリスは静かに見届けていた。

第一章 ▼ あ、無免許操獣者！

「テメェは人の話を聞く事を知らないのか？」

「アハハ、ごめんごめん」

セイラムシティ中央区、ギルド本部前。レイはそこでフレイアに軽く説教をしていた。

ちなみにアリスもすぐに追いついてきた。

「あっ、レイ君達も来たっスか」

「ライラぁ、リーダーの教育はしっかりと頼むわ」

「これからはレイ君も教育係っスよ」

「全身全霊でお断りしたいな」

ギルド本部から出てきた黒髪褐色肌の少女ライラ。レイはライラと保護者役を押し付け合うが、当のフレイアは一切気にしていない。

むしろフレイアは現在、帰還してくる仲間を今か今かと待ちわびていた。

「まだかな～まだかな～」

「落ち着けフレイア。飼い犬みたいになってるぞ」

「イヌ科はマリーの方だけどな～」

レイが思わず「どんな仲間だよ」とツッコもうとすると、何かを見つけたフレイアが両腕を振りながら飛び跳ね始めた。

「マリー！　こっちこっち！」

フレイアの騒がしい声に気付いたのか、一人の少女がレイ達の下に駆け寄って来た。

ウェーブのかかった栗色の長髪が揺れている。

だがその場にいた男たちは、レイも含めて別の部位に視線を奪われていた。

（デッ……カッ!?）

レイも思わず心の中で本音を出してしまう。

大きかったのだ、特大メロンの如く。走る事で更にアバレまで追加された、とんでもないたわわであった。

世界中の思春期男子が無条件に涎を垂らす特大メロンの持ち主が、今レイ達に駆け寄って来ていた。

「うっわぁマリ姉……相変わらず無自覚で揺らしてるっス」

「大きいと揺れちゃうんだよね～。痛そう」

ライラとフレイアは「相変わらずだなぁ」といった様子で苦笑いを浮かべている。

その一方でアリスはというと。

「何故……どうして……あれは、不公平」

王者を前にして心が折れかかっていた。

「フレイアさん、ライラさん！　ただいま戻りましたわー！」

大荷物を背負い、少し息を切らせながら、少女がフレイア達の前に到着した。

「お帰りマリー。遠征依頼どうだった？」

「大変でしたけど、なんとかクリア出来ましたわ」

「マリ姉お久しぶりっス！　ケートスも元気っスか？」

「はい。わたくしもケートスも問題無しですわ」

フレイア達と再会の談笑をする少女、マリー。

レイはふと彼女の右手首に視線を落とした。

（なるほど。本当に仲間なんだな）

マリーの右手首には炎柄の赤いスカーフ。レッドフレアの証（あかし）があった。

だがそれ以上にレイが気になったのは、マリーが腰から下げている魔武具であった。

（銃型魔武具……銃撃手（ガンナー）か。でも二挺（ちょう）も携帯する奴（やつ）は珍しいな）

レイが魔武具に気を取られていると、フレイアが声をかけてきた。

「レイ、アリス！　こっち来て」

「あら？　初めましてな方々ですわね」

「うん。マリーが遠征に行ってる間に入った、レッドフレアの新しい仲間だよ」

「あらあら、そうなのですか」

マリーは一歩前に出て自己紹介を始めた。

「初めまして。わたくしの名はマリー・アンネ・エマ・フォン・エンデ。チームにはお二人の少し前に加入した新参者ですわ」

「マリー・アン……かみそう」

「長いなぁ」

「そうですわね。なので呼ぶ時は愛称のマリーでよろしいですわ」

口元に手を添えて上品に笑うマリー。

それは普通に考えればギルドの操獣者に似つかわしくない気品さでもあった。レイはその理由に心当たりがあった。何故ならマリーのファミリーネームに聞き覚えがあったのだ。

「フォン・エンデって……たしか伯爵家の」

「はい、わたくしの実家でございます」

「じゃあマリーは、貴族？」

「マジか……」

フォン・エンデ家はセイラムから遠く離れた国に領地を持つ伯爵家だ。

爵位こそ伯爵だが、その歴史は百年を超える名門中の名門である。

現に遠く離れたセイラムに住むレイの耳にだってその家名は届いている。

だが少なくともこの家は、自分の娘を喜んで操獣者ギルドに送るようなお家ではない事は確かだ。

「名門貴族の御令嬢かよ」

「敬語の方がいい……ですか？」

「敬語などやめて下さい。操獣者の世界に貴族階級は存在しませんわ」

「しっかし、貴族から操獣者になるとは……よく実家が許したな」

「事後承諾でなんとかなりましたわ」

「は？」

意味不明かつ、どこか不穏な言葉が飛んできたので、レイは変な声を漏らしてしまう。

「レイ君。マリ姉はどちらかというと……姉御側に近い人っス」

「オイオイ、貴族のご令嬢がゴリラ寄りな訳ないだろ」

「ねぇ、アタシ今酷いこと言われなかった？」

ハッハッハと笑い飛ばすレイ。だがライラはどこか遠い目をしたままであった。

「姉御ー。マリ姉を仲間にする時どうしたか、レイ君に教えてやって欲しいっス」

「あーアレね。マリーと養成学校を一緒に卒業してからしばらく経ったくらいだったかな〜。マリーが実家と揉めてたんだよね〜」

軽く笑いながら話すフレイアに、レイは内心「むしろ揉めないビジョンが見えない」とぼやいていた。

「で色々あってムカついたから、マリーの実家に強襲をかけたの」

「お前何やってんの!?」

貴族の家に強襲を仕掛ける所業、普通に考えれば打ち首モノである。

「無茶苦茶な奴だとは思っていたが、貴族の家襲撃するとか正気か？」

「指名手配とか大丈夫かな？」

表情を変えていないが、アリスも至極当然な疑問を口にする。

「その点に関してはご心配なく。ちゃんと実家は説得済みですので」

（うーん、フレイアがここまでしてスカウトした人材……きっとフレイアの琴線に触れる気高い魂の持ち主なんだろうな）

「それに……鬱憤が溜まっていたのとフレイアさんに触発されたのもありまして、実家の三分の一が木端微塵と化したのもわたくしの攻撃によるものですので」

「前言撤回、バカゴリラ似のハチャメチャガールってだけだ」

フレイアも大概だが、実家を木端微塵にする貴族の娘も前代未聞だ。

これは間違いなく類友だろうと、レイは確信に至った。

「じゃあ次は俺達だな」

「アリスはアリス・ダンセイニ。救護術士やってる」

「俺はレイ・クロウリー、チーム専属の魔武具整備士だ」

「レイさんは整備士なんですね……この時点でフレイアさんがスカウトした理由が見えましたわ」

「沢山壊してきたんだな」

「はい。わたくしも沢山目撃してきましたわ」

レイはこっそり「あとで魔武具をどう壊してきたのか聞こう」と決心した。

「そういえば、マリーは一人で遠征に行ってたの？」

アリスが質問をすると、マリーは少し頬を赤らめて俯いた。

フレイアとライラも苦笑いしている。

「えっとっスね……実はレイ君達が加入する少し前の話なんスけど」

「わたくしのうっかりミスで、単独の遠征依頼を受注してしまったのです」

「あぁ、なるほど。それで事件の時にはいなかったのか」

レイが「事件」と口にした事で、マリーも何かを感じ取ったらしい。彼女はフレイアとライラに何があったのかと、話を聞いた。

キースの起こした事件を四人でマリーに説明する。

全ての話を聞き終えたマリーは、心底驚いていた。

「そんな大事件が起きていたのですね」

「ホント大変だったんだよ～。ボーツがいっぱい出てくるし、敵もなんか巨大化してたし」

「そんな時にセイラムにいられなかったなんて、申し訳ないですわ」

「いやいや、マリ姉はむしろ不幸中の幸いだったと思うっス」

先の事件の話題で盛り上がるフレイア、マリー、ライラ。

だがその一方で、レイの中ではある疑念が生まれていた。

いくら巨大魔法陣維持の為にリソースを割いていたとはいえ、キースはそれなりに高い実力を兼ね備えた操獣者だ。

　フレイア達の協力もあってキースを撃破出来たのは良いのだが、本来全員キースに大きく格が劣る操獣者。特にレイはその日初めて変身に成功した新米である。

　そんなルーキー達にやられてしまう程の者が、セイラム最強の操獣者と呼ばれた男を容易く殺せるとは、レイには到底思えなかった。

（父さんの実力は俺達三人を遥かに上回っていた……なのに、何故？）

　キースはどうやって父を殺したのか、その手口が分からなかった。

　少なくとも毒の類はありえない。もし使っていれば、並大抵の毒ならスレイプニルの免疫力で打ち消せる上に、それ以上の毒ならそれだけでスレイプニルごと殺害できる。

　となればやはり、レイ自身が目撃した植物魔法の槍の一撃が致命傷だったのだろう。

（だけどそれじゃあ……父さんは自分から死にに行った様なものじゃないか）

　三年前の夜に何が起きたのか、その真相の半分は既に闇の中。

　なら残る半分から聞き出さねばなるまい。

（一度、キースから色々聞く必要があるみたいだな）

　レイがそんな考え事をしている最中、フレイア達は次の仕事について話し合っていた。

　その時であった。レイ達の下に一人の小柄な老人が姿を見せた。

「ふぉっふぉ。盛り上がっているところすまんのお」

「ギルド長。どうしたんですか？」

レイに話しかけてきたのはギルドＧＯＤの長であった。

今は執務室で仕事中の筈なので、またサボりだろうと周囲の者達は気にも留めない。

それはフレイア達も同様……ただしレイ一人を除くが。

「次の仕事の相談をしとるのか？」

「えぇ、まぁ」

歯切れ悪く答えるレイに、フレイアも何か良くない違和感を覚える。

「その様子じゃと、自覚はあるらしいな」

「……覚悟はしています」

「うむ。では言い渡そう。レイ・クロウリー、今すぐワシの執務室に来るように」

「はーい」

そう言い残してギルド長は本部の中へと戻って行った。

後に残されたのは状況を理解していないフレイア達と、心底面倒臭そうなレイのみ。

「レイ、何かしたの？」

フレイアの問いかけに無言で頷くレイ。心当たりは大いにあるらしい。

「これ、仕事どころじゃなくなるかもな」

レイは観念したように、ギルド本部へと入っていくのであった。

◆

「……で、何でお前ら全員ついて来るんだよ」

ギルド長の執務室に向かうため、本部内の廊下を歩いているレイ。と、それについて来るフレイア達。

「アタシはレイが心配だから」

「ボクはさっき、お父さんに様子見てきてくれって言われたっス」

「わたくしは好奇心からですわ」

「アリスはレイのお目付け役」

「子供の授業参観じゃねーんだぞ！」

過保護にも程がある。

そうこうしている内に、レイ達の目の前に大きく威厳のある扉が現れた。

扉には『ギルド長執務室』と書かれている。

「言っとくけど、あんまり気持ちの良いもんは見れないと思うぞ」

「大丈夫大丈夫、ただの様子見だから」

ヘラヘラ軽く笑うフレイアに少し呆れを覚えつつ、レイは執務室をノックした。

「失礼します」

扉を開けて執務室の中に入る。部屋の中は華美な装飾などは見受けられない。来客用の椅子とテーブル、資料を収めた本棚の数々と一番目に付く場所に設置されている重厚な机。

シンプルな部屋だが不思議とギルドの頂点に君臨する者の威厳を兼ね備えていた。

机の向こうには腰に優しそうな皮の椅子に座ったギルド長、そのそばには秘書のヴィオラの姿があった。

「おぉ来たかレイ……と、何故フレイア君達も？」

「俺が心配だって言って勝手について来たんですよ」

「えっとギルド長、もしかしてボク達は席を外した方がいいっスか？」

「いや構わんよ。どの道同じチームであるお主達の耳にも入る話じゃ」

ギルド長の言葉に疑問符を浮かべるフレイア達。

だがレイはこの後の展開が予測できたせいか、苦虫を嚙み潰したような顔をしていた。

「やはり大方予想がついとるようじゃな」

「えぇ、最高に胃が痛い話ですね」

「え、何々どんな話っスか？」

「長々前置きするより、単刀直入にいった方が分かりやすいじゃろう。ヴィオラ頼んだぞ」

「承知しました」

状況を今一理解できていないフレイア達をよそに、ヴィオラはツカツカとヒールの音を鳴らしながらレイの前に出て来た。そして一枚の書類を手に取り、こう告げた。

「ギルド絶対法度第五条と第六条に基づき、ミスタ・クロウリーのグリモリーダーを没収処分とします」

シンと静まり返る執務室。まるで時間が停止したかのような静寂が数秒続いた後、ヴィオラが告げた内容を理解したフレイア達の驚愕は一気に噴火した。

「「えぇぇぇぇぇぇぇぇぇぇぇぇぇぇぇぇぇ!?」」

「あらあら……」

「やっぱり」

フレイア達とは打って変わって、レイはこの展開が予想通りだったのか納得した様子を見せていた。なおマリーはよく理解できておらず、アリスは終止無言無表情。

「ではミスタ・クロウリー、グリモリーダーを提出して下さい」

「はいよ」

淡々と事務的にレイのグリモリーダーを素直に渡すレイ。

その様子を呆然と見ていたフレイアだったが、すぐに我に返って声を荒らげた。

「ちょっとちょっと待って！　何でレイのグリモリーダーが没収されてんの!?」

「そっスよ！　レイ君やっと操獣者になれたのに何でそんな事するんすか！」

「ギルド長！　レイさんは不届き者を倒して街を守ったのではないのですか!?　なのに何故このような処分を」

今にも掴みかからん勢いでギルド長に詰め寄るフレイア。

だがそれを制止したのは他ならないレイであった。

「フレイア、落ち着け」

「落ち着いてられないよ！　何でレイが処分されなきゃなんないのさ！」

暴れ出すフレイアを羽交い締めにして押さえるレイ。ライラも若干噴火しそうになっていたがギリギリの所で堪(こら)えていた。

その一方で、アリスは至って冷静に事を見守っている。

「ほほ、このままでは話が進まんのう。ヴィオラ、処分の詳細な理由の説明を」

「承知しました」

ひとまずフレイアが落ち着きを取り戻したのを確認し、ヴィオラはレイの処分理由について説明し始めた。

「確かにミス・ローリングが仰(おっしゃ)る通り、ミスタ・クロウリーはセイラムシティを守り、ギルドに大きく貢献しました」

「だからさっきから言ってんじゃん、レイがキースを倒して――」

「そのキース・ド・アナスンとの戦闘が問題なのです」

キースとの戦闘が問題とはどういう事か、フレイアとライラは理解しかねている。

だがレイとアリスには、その問題点が理解できていた。

「レイ。確か戦闘終了後にキースのグリモリーダーを……」

「そうだな、目ぇ覚まして再変身出来ない様にぶっ壊した」

レイの言葉を聞いたアリスは、大きく溜息(ためいき)をついた。

「えっと、それ何か問題だったの？」

「大問題です。許可無きグリモリーダーの破壊行為はギルド絶対法度第五条に違反します」

「あ〜、やっぱりマズかったか」

自分の短絡的な行動に嫌気が差すレイ。

【ギルド絶対法度】

それはギルドＧＯＤに所属する者が必ず守らねばならない規則である。

規則の内容は多種多様だが、これらを破った者はギルドから何かしらの罰則を受ける事となる（最悪の場合第一級討伐対象として全世界指名手配もある）。

今回レイが破ったのは第五条『許可無く同胞の魔本を破壊する事を禁ず』というものだ。

「ミスタ・クロウリーの事情も重々承知します。ですが許可無きグリモリーダーの破壊を見過ごす訳にはいきません」

「でもグリモリーダーを壊さなかったらレイ君だけじゃなくて街も危なかったんスよ。情状酌量の余地はないんスか？」

「我々もそうしたいのは山々なのですが……ミスタ・クロウリーの違反行為はこれだけではないのです」

眼鏡越しにレイをキッとにらみつけるヴィオラ。

レイはもう一つの違反が何かをよく理解している故に、さっと目を逸らした。

「ミスタ・クロウリー、自覚はありますか？」

「……はい。絶対法度第六条『資格なき者が魔装を身に纏う事を禁ず』です」

これこそレイが一番危惧していた違反行為だ。魔獣と契約する事が普通の世界とは言え、むやみやたらに変身する事まで許されている訳ではないのだ。

「資格なきって、どういう事？」

「何の資格っス？」

「認定免許の事ですわ、わたくし達も養成学校の卒業試験で受けてますわ」

「あ〜、やったやった。何かでっかい魔獣と戦ったよね」

この世界で操獣者として変身し活動する事を許可する証明書、それが【認定免許】だ。認定免許は世界各地の操獣者ギルドで発行される物だが、発行して貰うには認定試験をクリアする必要がある。

セイラムでは基本的に操獣者養成学校に三年在籍した後、卒業試験としてこの認定試験を受けるのが通例となっている。認定試験に合格すれば晴れて卒業、ギルドの操獣者の仲間入りだ。

「あれ？　でもレイ君養成学校は飛び級卒業してるから、認定免許も持ってるんじゃないんスか？」

「認定試験と同じ課題は受けたけど、デコイモーフィングでやったから認定免許は貰えなかったんだよ」

「えっと、つまり今のレイさんは……」

「お察しの通り、無免許操獣者だ」

再び広がる沈黙。完全に言い逃れが出来ない違反を犯したと認めざるを得なくなった。

「処分の理由はご理解いただけましたか？」

「まぁ、言い訳のしようがないですね」

平然とした様子で処分を受け入れるレイに、フレイアは強い不満を抱いた。

「本当にいいの？　せっかく夢に近づけたのに」

「いや、良くはないんだけど……なーんか話に続きがありそうなんだよなぁ」

レイは目を細めてギルド長を見る。

長い交流関係から来る経験則とでも言うべきだろうか、レイは現在のギルド長から罪人を裁く者の気配を殆ど感じ取れなかったのだ。

ギルド長は机に両肘を乗せて、両指を口の前で絡めて口元を隠しているつもりなのだろうが、微かに口元が笑っているのをレイは見逃さなかった。

「俺の処分はグリモリーダーの没収だけですか？」

「そうじゃのう、それだけじゃ」

ギルド長の口から直接没収処分を認める言葉が出てきた事で、レイを除くレッドフレアの面々は大きく落胆した。

「本当に何とかならないんスか？」

「なりません。この処分は決定事項ですので」

何とか処分を撤回出来ないかと考えたライラだが、取りつく島もなく決定事項だと告げられるばかりだった。

「で、今日の要件って俺の処分だけですか？」

「いや、実は要件はもう一つあるんじゃよ。レイ……」

真剣な眼差しでギルド長は要件を切り出した。

「改めてになるのじゃが、認定試験を受けてみる気はないかのう？」

「「…………へ？」」

「あぁ……そういう事か」

ギルド長が発した突然の提案にフレイア達は気の抜けた声を漏らし、レイはその意図を理解したが故の面倒臭そうな顔を露わにしていた。

「えっと、認定試験ってあの認定試験っスか？」

「そうじゃ。お主達も養成学校を卒業する時に受けたじゃろう」

「そうですけど……何故今ここで？」

頭に疑問符を浮かべるライラとマリー。

「レイは免許を持ってない。だから試験を受けて免許を取れ……合ってる？」

「ほほ、正解じゃ」

アリスがギルド長の意図を要約した事で、マリーやライラも腑に落ち理解した。

「えっと……もしかして何とかなりそう？」

「なるかもしれないっス」

真意を理解できなくとも、フレイアは状況が好転しそうな事だけは察した。

「キース逮捕の功績を考慮すれば受験資格は十分に有る。どうじゃレイ？」

「そういう事なら認定試験を受けます……と言いたい所なんですが、俺グリモリーダーを持ってないんですけど」

「むむ、それはいかんのう。ヴィオラ、レイにグリモリーダーを渡してやってくれ」

「承知しました」

白々しいギルド長の指示を受けたヴィオラは、レイに一台のグリモリーダーを差し出す。

それは先程レイから没収したグリモリーダーであった。

レイは何とも複雑な心境を抱えながらグリモリーダーを受け取る。

「このやり取り、心臓に悪すぎる」

「えっと、これは茶番劇ってやつっスか？」

「ていうか結局返すんだったら何でわざわざ没収なんかしたのよ」

「本音と建前ってやつだ」

何故このような寸劇が繰り広げられたのか理解できないフレイアに、レイが説明をする。

どう言い訳しようともレイがギルドの法度を破った事は事実だ。となれば親交のある相手とは言え、ギルド長も立場上罰則を与えなくては他の者に示しがつかなくなってしまう。

本来なら二つの法度を破った事で罰金刑、悪ければ禁錮刑を科されてもおかしくはない。ギルド長はまずそれに対して、レイのキース逮捕の功績を理由に処分内容をグリモリーダーの没収に抑え込んでくれたのだ。グリモリーダーの没収は操獣者にとって最も屈辱的な刑の一つとされているので、上層部もレイの処分内容に合意したのだろう。

だがここで終わらせないのがギルド長の懐の深さだ。

認定試験の実施は時期など特に決まっていないので、希望者が居れば何時でも実施できる。免許が無いなら取らせればいい。認定試験実施を理由にレイにグリモリーダーを返す。

そしてレイが無事試験を突破すれば晴れて免許持ち、レイは合法の操獣者となる。

要するに法度違反の処分は既に終えており、その後に認定免許を取得したとなれば、誰もレイを咎める事は出来ない。そしてレイ自身も安心して操獣者活動が出来るようになるという寸法だ。

「えっとねー……いろいろあってなんとかなりそう、であってる？」

「はいはい、合ってる合ってる」

フレイアは小難しい説明を理解しきれず頭から煙を出していた。

「で、試験内容は？　通例ならランクの低い依頼を一つ完遂すれば良い筈ですけど」

認定試験の内容はギルド毎に異なるが、GODの通例では難易度の低い（難易度F～Eの低ランク帯）依頼を一つ完遂する事が試験合格の条件となっている。

「ふぉっふぉ安心せい、通例通りこちらが指摘した依頼を完遂すれば試験合格じゃ」

「こちらがミスタ・クロウリーが受ける依頼となります」

そう言ってヴィオラは一枚の羊皮紙をレイに手渡す。

「また奇妙な縁だな」

レイが手に持つ依頼書にはこう書かれていた。

『内容：幽霊船騒動の解決』『場所：バミューダシティ』

「色々と好都合な依頼じゃろう」

「そうですね。事件解決すれば免許も貰えて、剣の材料も手に入る」

剣の材料の行で、背後からフレイアが目を輝かせる。

確かにギルド長が言うように、この依頼をこなせばレイにとって得しかないだろう。

しかしレイは依頼書に書かれたある一節が気になっていた。

「ギルド長……この依頼、難易度Dとか書いてるんですけど」

「あぁそれはのう――」

「そのくらいの実力を示して頂かなければ、口煩い輩を黙らせる事が出来ないのですよ」

ヴィオラに台詞を取られて落ち込むギルド長。

なるほど、通例より高ランクの依頼なのもギルド長の思惑あっての事らしい。

「上等だ……受けてやるよ、この依頼」

せっかく作ってもらったチャンスだ、無下にしたくは無い。

「通常は一名から三名程のチームで試験に臨んで頂くのですが、今回は通例より高ランクの依頼ですので操獣者二名までの同行を許可します」

　ヴィオラが試験内容の注釈を告げる。基本的に認定試験を受けるのは新米操獣者ばかりなので、既に認定免許を持っている操獣者の同行が許可される事が多いのだ。

「はいはいはーい！　アタシ同行しまーす！」

「ダメじゃ」

「えッ、なんで!?」

　同行する気満々で手を挙げたのにギルド長に却下されて、フレイアは酷くがっかりする。

「認定試験に同行できるのはランクD以下の操獣者のみじゃ」

「あぁ、そう言えばボクと姉御はランクCっスね。色々依頼こなしたから、ランクもどんどん上がっちゃったっス」

「ギルド長〜、ランク下げて〜」

「フレイア、お前なぁ……」

「ダメに決まっとろう」

　フレイアの無茶な要求に呆れるレイとギルド長。

「とりあえずアリスは同行する。レイ、どうせまた怪我する」

「同行してくれるのは嬉しいけど、なんか棘を感じるんだが」

「あれ、アリスは同行できるの？」

「アリスのランクはE。救護術士だからランクは上がり辛いの」

基本的に救護術士は前線に出て戦う事が無いので、書類上のランクが上がりにくい職業なのだ。

「となると後一人まで連れてけるのか……アリス来てくれるならもういいかな」

「ダメ、もう一人探して」

「いやでも、俺とスレイプニルと回復役のアリスが居れば」

「どうせ無茶するんだから、サポーターは最大人数必須」

アリスの言葉にレイ以外の者たちは一様に「うんうん」と頷く。

レイは思わず歯ぎしりしてしまうが、こういう場面での信用の無さに関しては自業自得である。

最後の同行者をどうやって探そうか悩むレイ。

すると一人の少女が静かに手を上げた。

「わたくしが同行してもよろしいですか？」

「マリー。良いのか？」

「はい。わたくしはまだランクDですので、同行が可能ですわ」

それに……とマリーが続ける。

「せっかく同じチームになれたのです。わたくしもお二人と親交を深めたいですわ」

「そういう事なら、頼んでもいいか？」

「はい。よろしくお願いしますわ」

屈託ない笑顔で、マリーは上品にお辞儀をした。

「あ～ゴホン、話は纏まったかのう？」

「えぇ、纏まりましたわ」

「色々と準備も必要じゃろう、明日の朝に出立すると良い」

これにて要件は全て終わった。

最後にレイはヴィオラから一枚の栞をグリモリーダーに挿して貰う。認定試験の受験票の様なものだと説明された。こうして諸々の用事を済ませたレイ達は執務室を後にした。

◆

翌朝、日が昇り始めた時間にレイ、アリス、マリーはスレイプニルに乗ってセイラムシティを後にした。

その時のギルド本部屋上は見送りに来たフレイア達によって賑やかなものだった。

レイ達がセイラムを出発する様子を執務室の窓越しに見届けたギルド長。

（エドガー、お前の息子は立派に前を進んでおるよ）

今は亡きヒーローに少し哀愁を帯びた気持ちを抱くギルド長。

どうかあの若者達が進む道に幸有らん事を……ギルド長がそう願った矢先に、けたたましい足音と共に執務室の扉が開かれた。

「ギルド長、ミスタ・クロウリー達は!?」

慌てて入って来たのは秘書のヴィオラだった。珍しく余裕の無い様子を晒している。

「レイ達なら今しがたセイラムを出たばかりじゃが」

「ギルド長、落ち着いて聞いて下さい……今さっき依頼書の査定変更が出たのです」

そう言ってヴィオラはギルド長に一枚の依頼書を差し出す。

その内容を確認したギルド長は顔面を蒼白に染め上げた。

「こ、これは……」

「ミスタ・クロウリーの認定試験に使った依頼です」

震える手で依頼書を見つめるギルド長。

訂正された依頼書には『難易度：D↓A』と書かれていた。

ギルド長は慌ててグリモリーダーの通信機能を起動させる。

「す、すぐにレイ達に知らせねば！」

「ギルド長、認定試験の受験中はグリモリーダーの通信機能に制限が掛かっています。今のミスタ・クロウリーには連絡できません」

「そうじゃったァァァァァァァァ！」

昨日ヴィオラがレイのグリモリーダーに挿した一枚の栞。

あれはグリモリーダーの通信機能を一時的に制限するものだ。

認定試験中は通信機能を使って高ランク帯の操獣者から助言を得られない様にする為に、

しまったのだ。

同行者以外との通信が出来ない様にする必要がある。今回は完全にその規則が裏目に出て

「ヴィオラ、フレイア君達にレイの後を追わせるのじゃ！」

「よろしいのですか？」

「緊急事態じゃ、フレイア君達の同行をギルド長権限で許可する！」

ギルド長の指示を貫い、ヴィオラは急いでフレイア達の下へと駆け出した。

するとヴィオラが執務室を出るのと入れ替わる形で、一人の男が慌てた様子で執務室に入って来た。

「た、大変ですギルド長！」

「今度はなんじゃ」

短時間でトラブルが続けて来たからか、少し不機嫌なギルド長。

しかし男のなりを見てギルド長は一気に気が引き締まった。

何故なら男は地下牢の看守だったのだ。

「何かあったのか？」

威厳に満ちた声色で看守に問いかけるギルド長。

だが返って来た答えは、想像以上に悪い知らせであった。

「キース・ド・アナスンが……何者かに殺害されました」

幕間1 ▼ 悪魔、現る！

それは、レイが認定試験を受ける事になった日の深夜三時。

地下牢の最深部、重大犯罪を犯した者が収監される牢にキースは収監されていた。

「まったく……ギルド長達も疑（うたぐ）り深いんですから」

地下牢に備え付けられた簡素なベッドの上に座り、キースは己の現状に苛立（いらだ）ちを覚えていた。

此処（ここ）はセイラムシティの中でも特に警備が厳重な地下牢の最深部。ここに収監されて脱獄出来た者はギルド設立から現在までに一人として居ない。

特捜部に逮捕された段階で逃げられない様に両足の義足は没収されており、変身する為のグリモリーダーはレイに破壊されてしまった。

更にダメ押しと言わんばかりに、契約魔獣であるドリアードとも完全に引き離されており、八方塞がりと言う他ない状況なのだ。

「これは大分詰みに近いですね……」

だが決して脱獄を諦めた訳ではない。それが今でなくとも、必ずチャンスは訪れる筈だ。

キースは頭の中で脱獄方法のシミュレーションを繰り返していた。

キースは自分を現在の地下牢生活に追い込んだ少年と、その仲間達の顔を思い出し憎悪の感情を溜め込んでいく。

　地下牢から脱出したら、すぐにでも彼らを殺そう。

　頭の中でシミュレーションを続けながらそう考えていると、コツンコツンと足音が聞こえてきた。

　それは地下牢の廊下を歩く音にしては、似つかわしくない音であった。

　看守が履く魔武具を兼ねたブーツが出す重々しい音ではない。街の娘が好んで履くようなヒールの音の様に聞こえた。

　誰かが面会に来たのだろうか。いやありえない、地下牢の最深部は原則面会謝絶なのだ。

　ではこの足音の主は一体誰なのだ。微かだった足音が、徐々に大きく近づいてくる。

　その足音は、キースが居る牢の扉の前でピタリと止まった。

　心臓が大きく跳ね上がる。キースの中で期待と不安が酷く入り乱れる。

　視線は自然と扉の方に釘付けとなっていた。特殊な魔法術式を施されたこの扉は、専用の鍵を使わなければ開ける事も壊す事も出来ない。故に扉の向こうに誰が居ようとも、その姿がキースの眼の前に現れる事はない筈なのだ。

「ふーん、一番すごいセキュリティって聞いてたけど……こんなもんなんだ」

　トントンと扉を触る音と共に、扉の向こうから年端もいかぬ少女の声が聞こえてくる。

　そして次の瞬間、「ズブリッ……」と一本の腕が扉をすり抜けて来た。

　ズブズブと、雨のカーテンをくぐる様に一人の少女が扉をすり抜けて入ってくる。絶対的な防壁を誇っていた地下牢の扉は、ほんの一瞬で突破されてしまった。

「はい侵入成功〜。世界一の操獣者ギルドの癖にセキュリティにお金かけてないなんて、とんだドケチね」

小生意気な表情を浮かべながら地下牢の扉を突破した感想を述べる少女。

ピンク色のツインテールに、黒を基調としたゴシックロリータの服と日傘。お世辞にも地下牢の最深部に似つかわしいとは言えない格好をしていた。一見すると可愛らしい少女、だが今ここでは恐ろしく不気味な存在としか捉える事が出来なかった。

「それはそれとして……こんばんは、無様なおじ様♪」

「ゴ、ゴエティアの使いですか？」

キースは少女の正体に心当たりがあった。

『ゴエティア』の名を聞いた瞬間、少女は無邪気な笑みを浮かべてキースの言葉を肯定した。

「せいかーい！　おじ様の素敵なスポンサー『ゴエティア』からパイモンちゃんがやってきました〜！」

パイモンと名乗った少女は「はい拍手〜」と手を叩きながらお道化る。

「何か、御用ですか？」

「はい！　単刀直入に話をしてもいいんですけど〜、折角だから私おじ様と少しお話がしたいな〜なんて」

ヒールの音を立てながら、パイモンは無邪気にキースの下へと近づく。

「聞きましたよー、セイラムシティを巨大魔法陣で覆いつくしてボーツまみれにしたんですよね〜？」

「えぇまぁ……そうですね」

「しかもしかも、ボーツをパワーアップさせる術式も組み込んだとか！　パイモンちゃんビックリだよー！」

「まぁ、そちらの才はありましたので……」

「ウチの陛下も……すっごく褒めてたよ」

パイモンが口にした陛下と呼ばれる者。その者に評価されていると聞き、キースの目は一気に輝きを取り戻した。

「ほ、本当ですか？」

「ホントホント！　すっごく優秀な人材だって滅茶苦茶褒めてたんだよー！」

偉大な存在に評価された。その事実だけでキースの心は喜びに震え上がった。

「ねぇおじ様、此処から出たい？　寂しい地下牢から出て自由になりたい？」

「で、出たいです！　助けてくれるんですか!?」

「もちろん。おじ様は優秀な人材ですもの……でもおじ様さぁ、しくじっちゃったよね？」

突然、パイモンの声のトーンが変化する。

「あれだけ大言壮語並べておきながら、肝心の魔法陣は一晩で壊されるし……おじ様に至っては目覚めて間もない赤ちゃん操獣者にタコ殴りにされてるし……本当に、無様としか言いようがないですよね」

あからさまに嘲笑(あざわら)うパイモンだが、キースは怒りよりも不安を強く感じていた。

パイモンは日傘を畳むと、一度キースから距離を取って本題に入った。

「さてさてそれでは、今日の本題に入りたいと思いまーす！　実は私、陛下からおじ様への素敵なメッセージを預かってるんですよ」

「メッセージ？」

「はい。なんだかすごーく長いお話だったので、勝手ながらパイモンちゃんが分かりやすく要約しておきました！」

畳んだ日傘を乱雑に投げ捨て、パイモンはメッセージを伝えた。

「お前みたいなザコ、もう要らないってさ」

それは、事実上の死刑宣告でもあった。

だがキースはその事実を理解するまでに数瞬の時間を要してしまった。

「なにを……言ってるんだ」

「分からないかなぁ？　もう私達は貴方(あなた)の敵って事』

そう言うとパイモンは、どこからか円柱状の黒い魔武具を取り出した。

その魔武具が視界に入った瞬間、それの正体を知るキースは酷(ひど)く震え上がってしまった。

「ダ、ダークドライバー……」

「物知りおじ様正解。【焚書松明】ダークドライバー、私達ゴエティアだけが使う事を許された特別な魔武具……そして、貴方を処刑する為の道具」

パイモンがダークドライバーを掲げると、牢の扉をすり抜けて一体の犬型魔獣が姿を現した。

「おいで、ティンダロス」

パイモンの呼び声に応え、ティンダロスはその身体を光の粒子に包み込んでいく。肉体と霊体を膨大な魔力に変換したティンダロスは、パイモンのダークドライバーに取り込まれていった。

ティンダロスの魔力が邪悪な黒炎と化して、ダークドライバーに点火される。

「トランス・モーフィング」

パイモンが短い呪文を唱えると、ダークドライバーに灯されていた黒炎は意思を持つかの様にパイモンの全身を包み込んだ。

邪悪な炎と魔力の下で、肉体を余さず作り変えられるパイモン。それはティンダロスの力を纏う等という次元の変身では無かった。パイモンの肉体はティンダロスを完全に取り込み変質し始めていた。

やがて炎が消え、変身したパイモンがその姿を現した。それは、魔装を身に纏った操獣者からは大きくかけ離れた姿であった。それは、人とも魔獣とも呼べない異形の怪物であった。辛うじて手足と二足歩行と言う人間の特徴は残されていたが、その外見は人と歪んだ猟犬を無理矢理混ぜ込んだ、醜悪の極みと呼べる姿であった。

「お仕事面倒くさいけど……好きにして良いって言われたし、そうさせてもらおっと♪」

じりじりと焦らす様にキースに歩み寄るパイモン。このままでは殺されてしまうと実感を得たキースは動揺し、ベッドの上から転げ落ちてしまった。

「ド、ドリアード！　何処にいる⁉　今すぐ来なさい、ドリアード！」

グリモリーダーが無いにも拘わらず、必死に自身の契約魔獣の名を叫ぶキース。

パイモンはその様子を見てクスクスと小さな笑い声を上げた。

「ドリアードって、もしかしてあのお猿さん？　だったらごめんなさい……」

パイモンが自身の腹部に腕を深々と突き刺し、弄ると……ズルズルと何かの残骸を取り出した。ボトボトと音を立てて落ちる残骸たち。キースはその残骸を見た瞬間、言葉を失ってしまった。

「キーキーうるさかったから、食べちゃった」

落ちた残骸は全て、パイモンによって捕食されたドリアードの身体の破片であった。

グリモリーダーも契約魔獣も失ったキースは、完全に退路を断たれてしまった。

「やめろ、やめてくれ」

「そう言われて止めちゃう悪魔なんて、いるわけ無いじゃないですか」

「私はまだ何も成し遂げていないんだ！　私はまだ何も認められてすらいないんだ！」

「あぁ～、確か偉い貴族様なぁ、お父様に認められたくて私達に接触したんですっけ？

なら、もう何も心配しなくていいですよ」

　キースにはパイモンの言葉の意味が分からなかった。何故突然心配する必要は無いと言ったのか、見当もつかなかったのだ。だがその理由はすぐに判明した。パイモンが再び腹部に腕を入れて弄ると、何かを摑み取って引きずり出して見せた。

「最初に言った筈ですよ、私達の力を借りると言うのであれば相応の対価は払って貰いますって……今回は後払い制、失敗したおじ様が払う代償はこちらになりまーす」

「あ……あぁ……」

　身体から引きずり出したソレをパイモンはキースに見せつける。

　パイモンの手に摑まれているのは老齢の男の生首。

　キースはそれが、自分の父親であることを瞬時に理解し、絶望した。

「私みたいな小っちゃな女の子相手に、最期の最後まで命乞いをし続けて……本当に無様で美味しかったですよ」

　更に追い打ちをかける様に、パイモンは腹部から次々に人間の頭部を出していく。床を転げる生首達は全て、キースの肉親であった。

　願いも退路も全て奪われ、最早キースの中には恐怖と絶望しか残されていなかった。

「フフ、お・じ・さ・ま♪　今すっごく可愛い顔してますよ……私、そういう顔をする男の人大好きなの」

　そう言うとパイモンは親に甘える子供の様に「ぎゅ～」と言いながら、キースに抱き着いた。これから何が起こるか大凡見当はつくが、キースには抵抗する気力すら残されていなかった。

「それじゃあ……さようなら」

そこから先は、記す事さえ憚られる惨劇。キースという無力な存在は、絶対強者の悪魔を前に、ただ消されるだけであった。悲鳴を上げる事さえ許されず。キース・ド・アナスンという生命は闇の底へと消滅した。

「ご馳走様……空っぽの誰かさん」

物言わぬ物体と化したキースに、少女の姿に戻ったパイモンは一言そう吐き捨てる。

「あーあ、これでお仕事終わりだったら良いのに。どこかの誰かさんがサボってないか様子見に行かなきゃダメなのよね～。ホンット悪魔使い荒いんだから」

投げ捨てていた日傘を拾いながら、ぷんぷんと可愛らしい様子で愚痴を吐くパイモン。

そしてフリルの付いたスカートから、パイモンは一冊の手帳を取り出して次の予定を確認した。

「次はバミューダシティかぁ……海があるならバカンス出来たら素敵だなぁ」

次の仕事先で何をするか考えながら、パイモンは機嫌よく鼻歌を奏で、ティンダロスと共に全身を粒子化させて地下牢を後にした。

翌朝、異変に気が付いた看守がキースの牢を開けた時には全てが遅すぎた。

キース・ド・アナスンは、内臓という内臓だけが消失した変死体となって発見された。

第二章　水の街と幽霊騒動？

風を切る音を背景に空を駆け抜ける。

セイラムシティを発ったレイとアリス、そしてマリーはスレイプニルの背に乗って依頼の地バミューダシティへと向かっていた。

「ふーん、港町なだけあって人口はそれなりに多いんだな。市場も相当活気があると……」

レイは目的地に着くまでの道中、スレイプニルの上でバミューダシティの旅行記を読んでいた。話には聞いていた街だが、レイも実際に行くのは初めてだった。

ちなみに飛竜に匹敵する速度で上空を移動しているが、スレイプニルが魔力で風除けの壁を張ってくれているおかげでレイものんびりと本を読む事が出来ている。

「年に一度の水鱗祭は街の外からも見物客がくる。だって」

「キュー」

「……なぁアリス、この体勢すげぇ読みにくいんだが」

「お気になさらず」

「気にしやがれ」

子供に絵本の読み聞かせをする時の様に、アリスはロキを抱いたままレイの両腕の間に収まる形で旅行記を読んでいた。

「なぁ、マリーからも何か言ってやってくれ」

「申し訳ないですが、それどころではありませんわー！」

声を上げつつ、無意識にレイに抱き着いてくるマリー。

結果、レイの背中で二つの柔らか半球が、魅惑的に押しつぶされていた。

必死に平常心を保とうとするレイだが、完全に顔が赤く染まっている。

「王獣の背に乗って移動なんて、恐れ多いにも程がありますわ！」

「いや、貴族なんだから王獣でビビるなよ」

「貴族は王より下ですわ！　ましてや高名な戦記王様の背に乗っていますのよ！」

「そう緊張せずとも良いマリー嬢。エドガーはこの上を行く雑な扱いだったからな」

マリーの緊張をほぐす意図で発されたスレイプニルの言葉。しかしマリーは余計に緊張してしまったらしい。事実マリーは涙目で更に強く、レイに抱き着いた。当然マリーの特大メロンも強く押し付けられる。

（デッカ!?　おっぱ!?）

流石にレイもそろそろ動揺が隠せなくなってきていた。もはや手に持っている旅行記の内容など入ってきていない。

しかし次の瞬間、レイの手にロキが嚙みついた。

「痛った!?」

「レイ。そんなに大きいのが良いのかな？」

「キュ～」

顔を背けているので表情は分からないが、レイは少なくともアリスがどす黒い闇を放っている事だけは理解した。

「アリス。不可抗力だ。俺は悪くない」

「……すけべ」

端的に心に刺さる言葉を食らうレイ。アリスご自慢のナイフは言葉にも含まれているのであった。

レイは何とか意識を本に移して、旅行記の続きを読み始める。

「しかし水鱗祭か……確かバミューダの地を治める王獣の二つ名が水鱗王だったな」

「ん、スレイプニル知ってんのか？」

「伊達に長くは生きていない。【水鱗王】バハムート、バミューダ近辺の海と地を治める王だ。温厚で慈悲深い性格で有名だが、ひとたび争いが起きればその獰猛さで海を己が牙に変える強者。我の古い知り合いだ」

レイが手に持った旅行記のページを幾らか進めると、確かに巨大な鯨のような魔獣が描かれた挿絵と共に水鱗王の記述がある。内容はスレイプニルが話した通りその温厚さと戦闘時の獰猛さについて、そしてバミューダシティで代々崇められている存在であると書かれていた。

「つーかそんなにスゴイ王獣が居るなら、その水鱗王に頼んで幽霊船を沈めて貰った方が早いんじゃね？」

「それが出来ない何かがあるからこそ、我らが呼び寄せられたのではないか？」

「……確かに」

旅行記の記述にも水鱗王はバミューダの守護者とする記述がある。

これだけ高名な王獣が、自身が治める地で発生した異変を放置するとは考えにくい。最悪のパターンと言えるかもしれないが、水鱗王自身に何かが起きた可能性もレイは頭の片隅に留めておく事にした。

「あっ、見てください。街が見えてきましたわ」

マリーの言葉で我に返るレイ。確かに港町の姿が見えてきていた。

「あれがバミューダシティなのですね」

「だな。スレイプニル、港で降ろしてくれ。そこで依頼人と会う予定なんだ」

「承知した」

船が密集している場所を視認したスレイプニルは、すぐに港へと急行した。

そして一分と経たずレイ達はバミューダシティの港へと到着。

レイとマリーはスレイプニルから飛び降り、バミューダの地に足を着けた。

「よっと、目的地到着」

「あっという間の道中でしたわ」

「だろ。スレイプニルは速いんだ」

マリーの言葉で、自分が褒められたかのように胸を張るレイ。家族が褒められたも同然だからだ。そのスレイプニルはというと……

「レイ、上を見て両腕を前に出す事を勧めるぞ」

「上？」

上方から届くスレイプニルの言葉に疑問符を浮かべながら、レイが振り向き見上げると……銀色の髪を潮風と重力に靡かせながらアリスが落ちて来た。

飛び降りているのではない。ロキを抱えながら受け身を取る様子もなく、背中から落ちていたのだ。

「どわぁぁぁ!?」

慌ててレイは両腕を前に差し出し、アリスの落下予定地点に差し出す。

すると一秒もかからず、レイの両腕には人間一人と小型魔獣一匹の重量が収まった。

「ナイスきゃっち」

「キュ！」

「もう少し考えて飛び降りろバカ！」

「レイが受け止めてくれたから、計算通り」

「俺がキャッチ失敗する可能性は考えなかったのかよ」

「大丈夫、レイなら絶対にアリスを摑まえてくれるって知ってるから」

微かに笑みを浮かべて堂々と言い放つアリスに、レイは少し顔を赤らめた。

だがここで反撃の意志を失わないのがレイ・クロウリーという少年である。

「ほう、じゃあ今この体勢になっているのも計算の内なのか？」

レイの意図した所ではないとは言え、現在アリスはレイにお姫様抱っこされている状態である。それも公衆の面前で。

さあ羞恥しろそれ羞恥しろ。レイの心の中で悪魔が高笑いを上げるが。

「アリス的には問題無し」

「キュ～キュ～」

「お前やっぱり羞恥心を学んでこい」

平然とサムズアップで応えるアリス。レイの反撃は一切届く事無く打ち砕かれた。

ちなみに一連の流れを見ていたマリーは「あらあら、まあまあ」と微笑んでいた。

「お二人はその、強い信頼関係で結ばれているご関係ですの？」

「そう、見える？」

「違うぞ」

少し頬を赤らめたアリスを、レイは容赦なく切り捨てる。

「長い付き合いの幼馴染ってだけだ」

「レイさん……貴方は一度、女心を学ぶ必要がありますわ」

「なんでさ」

マリーに「めっ」と言われ、アリスからも無言の抗議がぶつけられる。

レイは本当に、その意味を理解できていなかった。

それはともかくとして、レイ達は港を軽く見渡す。

「すげぇ……船がギッチギチじゃねーか」

港の船着き場には大小様々な船が隙間なく停まっていた。

比喩でも何でもなく、本当にギリギリまで隙間を詰められているのだ。

僅かに空いている隙間を覗くと、その向こうにも船が停まっている。恐らく船同士を梯子か何かで繋げて港に降りられるようにしているのだろう。

「船が集まり過ぎて、これでは新しい陸地だな」

上空から港を見下ろしてそう零すスレイプニル。

どうやら相当な数の船がここで足止めを喰らっているらしい。

そのせいか、港は船乗りらしき人達でごった返していた。

「む……あれは」

「どうしたスレイプニル」

「うむ、少し気になるものが見えてな。レイ達は依頼人と落ち合ってくれ」

スレイプニルの言う通りであった。レイ達は依頼人の下へと移動する事にする。

だがその前に一つだけやらなくてはいけない事が。

「おっとその前に……スレイプニル、もう街の中だから獣魂栞になってくれ！」

「了解した」

光の竜巻を起こして、スレイプニルは自身の身体を獣魂栞に変化させる。

基本的に何処の国や街でも、無許可で大型魔獣をそのまま連れ歩くのは禁じられている。王獣として知られているセイラムシティならいざ知らず、他の街で大型魔獣が闊歩する訳にはいかない。そんな事をすれば街の人々に余計な不安を与えるだけだ。

レイが獣魂栞化したスレイプニルを胸ポケットに仕舞い、移動を開始しようとした矢先であった。

「あの失礼ですが、ＧＯＤの操獣者の方ですか？」

「んあ、そうだけど……」

レイは振り向いて自身に声をかけて来た男の姿を見る。

それは高そうな背広を着た、小太り気味の中年男性であった。

船乗りには似つかわしくなく、それなりに金持ちそうな眼の前の男を見て、レイは彼こそが依頼人なのではと考えた。

「申し遅れました。私このバミューダシティの市長でございます」

「という事は、依頼人さん？」

「左様です」

確定だ。目の前の男性が依頼人と判明したので、レイは懐に仕舞ってあった依頼書を市長に見せた。こうする事で自身が依頼を引き受けた操獣者である事を証明するのだ。

「今回の依頼を引き受けたGOD所属操獣者レイ・クロウリーです。こっちは同行者の」

「アリス・ダンセイニ、です」

「マリー・アンネ・エマ・フォン・エンデと申しますわ」

軽く自己紹介をした後、市長は状況を説明し始める。

「ご覧になった通り現在この街の港には多くの船が停まっています。動かして貰いたいところなのですが、船頭達は皆こぞって拒否するのです」

「幽霊船が出たから、ですか？」

「そうなのです」

ここで市長は、この幽霊船騒ぎが初めてでない事も告げた。同時に、その騒動が全て水鱗王バハムートによって解決してきた事も。

「以前にも近隣に住む海棲魔獣の悪戯でその様な騒ぎもありました……しかし今回は様子が違うのです」

困り果てた表情を浮かべながら市長は話を続ける。

「一ヶ月も幽霊船の目撃情報が後を絶たない上に、ここ最近は街の中でも幽霊が出たと言う者達まで現れ始めたのです」

「街の中でも？」

「はい。夜になれば幽霊が街を徘徊して生者の魂を狩りに来ると噂されて、街の者達は皆陽が沈むと建物から出なくなってしまいました」

「悪戯にしては手が込み過ぎてる気がするな……」

「本当に幽霊？」

「まさか、そんな筈……と言いたい所なのですが、あまりにも目撃情報が多すぎまして」

「それでウチのギルドに依頼をしたってことか」

市長は泣きながら首を縦に振った。相当困っているらしい。

だが困っていたのはレイ達も同様であった。

「情報が少なすぎますわね」

「だな。ここは一つ、聞き込み調査ってやつでもするか」

では次は街の人々に聞き込みだ。レイ達が行動を起こそうとすると、銀色の獣魂栞から
念のため市長から追加の情報の有無を確認するレイ。だが何もない。

スレイプニルが語りかけてきた。

『レイ、海の調査は我に行かせてくれないか。海の中であれば実体化も問題なかろう』

「まぁそうだけど……急にどうしたんだ？」

『せっかく来たのだ、古い知り合いの顔を見たいのだよ。安心しろ、こう見えて短時間で
あれば海底も移動できる』

「……そうだな、お前なら多少危ない状況でも大丈夫だろうな」

レイは胸ポケットから獣魂栞を取り出す。しかしマリーに制止されてしまった。

「ちょっと待ってください。スレイプニル様が居なくなっては、レイさんが変身できなく

なってしまいますわ」

「確かにそうだな」

『心配無用だ。我に考えがある』

レイが掲げた獣魂栞から銀色の魔力が竜巻となって放出されていく。

光を帯びた魔力が像を紡ぎ出し、スレイプニルの身体を実体化させた。

「これを渡しておこう」

そう言うとスレイプニルは自身の一角の先に魔力を集中させていく。

集まった魔力は実体を紡ぎ出し、一枚の獣魂栞と化した。

作られた獣魂栞はゆっくりと浮遊しながら、レイの下へと降りてくる。

「我の魂の一部を分離させて獣魂栞にした。これを介せば我と連絡が取れる。変身に使用した場合は、出力が大幅に落ちるがな」

「そうか。時間かかりそうなのか」

「海も広いからな。それに、ただならぬ匂いも感じる」

そう言い残して、スレイプニルはバミューダの海へと姿を消していった。

「じゃあアリス達も」

「そうだな。街で色々調べよう」

今度こそレイ達はバミューダシティの中へと歩みを進めていった。

◆

手始めにバミューダシティの西側を散策するレイ達。

街の人々に話を聞いて回るが、有力な情報は出てこない。おおよそ市長の話と同じだ。

強いて収穫があったとすれば、近隣の海棲魔獣が悪戯好きと知れた程度。

それでも、街の様子を観察しながら歩き続けるレイ達。

街道には人が多いが、お世辞にも活気があるとは言い難かった。

幽霊船の影響で街の経済にも大きな影が落ち、住民達から精気を奪っているのだ。

「街の人、元気ない」

「バミューダは外部からの輸入に対する依存が大きい街ですから、船が来ないのは死活問題なのでしょう」

実際、すれ違う人達の顔は皆辛そうな表情が多かった。

特に現状を深く理解している大人達は、ピリピリとした空気を出している事が肌で感じ取れてしまう程だ。

しばらく歩いていると、レイ達は大きな広場に出てきた。

人はそれなりに居るが和気藹々とした気配は無い。

否、一角だけ精力的な声を上げている集団がいる。

男達が木材や魔道具を運び込んでおり、何かの準備をしている様子だった。

「あれは何でしょうか？」

「……多分お祭りの準備。レイが読んでた本に書いてた」

「あぁ、水鱗祭（すいりんさい）だっけ？」

アリスとレイは道中で読んだ本の内容を思い出す。

丁度今が祭りの季節らしい。レイ達がせっせと動いている男達を見ていると、その存在に気が付いた一人の男性が声を上げた。

「君達、もしかしてセイラムから来たっていう操獣者かい！」

「はい、そうですわ」

恐らく腰から下げたグリモリーダーに気が付いたのだろう。マリーが肯定の返事をすると、先程まで汗水流していた男達が一斉に手を止めてレイ達の方を見た。

「お、なんだなんだ」

「へぇ〜、あの娘らがＧＯＤの操獣者か」

興味本位からか、男達はゾロゾロとレイ達の周りに寄ってくる。

「市長が依頼を出したんだってな。頼むぜ操獣者」

「だって、レイ」

「いやお前も操獣者だろ」

「ですが今回の主役はレイさんですわ」

「そりゃそうだけどさぁ。そういえば、これお祭りの準備ですか？」

「おうよ！　バミューダ名物の水鱗祭！　最近暗いニュースばかりだからな、祭りくらいは派手にやらねーと気分が落ちたままになっちまう！」

アリスが言っていた通り、男達がしていたのは祭りの準備だった。

幽霊船騒動の影響で暗い空気が漂う街を少しでも明るくしようと張り切る男達に、マリーは素直に敬意を抱いた。

「なーにが派手にやるだよ！　もうずっと歌い手も王様も不在だってのによ」

「いーんだよ儀礼なんざ！　こういうのは派手な見た目が肝心なんだ！　疎開してる子供達にも楽しんでもらわなきゃいけねぇ！」

何気ない男たちの言葉。だがレイは聞き逃さなかった。

「あの、王様が不在って……水鱗王の事ですか？」

「おう、兄ちゃんウチの王様知ってるのか」

「そうなんだよ。もう五年くらいになるかな。ある日突然バハムート様が姿を消してしまったんだよ」

「そういえば、丁度そのぐらいからだったよな。幽霊船を見たとか言う奴が出始めたのも」

レイ達はその話を詳しく聞き出した。

水鱗祭はバミューダに君臨する王獣、バハムートを讃える祭。だがこの五年間、その祭は水鱗王が不在のまま行われてきたらしい。

そして今の幽霊船を最初に目撃されたのも、おおよそ五年前。

「五年前、この街で何があったんですか？」

レイは男達から聞くも、流石に五年前の出来事を覚えている者はいなかった。

だが切り口は見えてきた。レイは男達に礼を言って、その場を後にした。

後ろからついて来るマリーとアリス。

「糸口が見えましたわね」

「あぁ。だけどそれとは別に気になる事もある」

レイが感じた疑問。それは五年も王獣が不在という事実だ。

通常、王獣が居なくなった場合、その土地に棲む魔獣がすぐに次の王を選定し始める。

だが話を聞く限りバミューダの魔獣達はそれをしていない。

それはあまりにも不自然な事であった。

「そもそも王獣が五年も不在になるなんて、普通はありえないんだけどなぁ」

「病気の療養、ではなさそうですわね」

「次の王様が選ばれてないなら、多分生きてる」

レイはアリスの意見に頷いた。少なくとも生きている可能性は高い。

では水鱗王はどこに居るのか。レイは後でスレイプニルに聞こうと考えた。

そのまま街を散策し続ける三人。しかし新たに得られる情報は少なかった。

しばし歩きながら街の様子を観察する三人。やはり先程の男達が特別なケースだったようで、道行く人々は皆暗い空気を醸し出していた。

「やっぱりみんな、元気ない」

「これは早急に事態を解決した方が良さそうですわね。街の人達の精神衛生上のためにも」

「だな、頑張るしかない」

似たり寄ったりな雰囲気の人々を視界に収めつつ、歩き進めるレイ達。

すると、何やら人が集まっている建物を見つけた。アリスとマリーはその建物を見上げ、レイはあからさまに嫌な顔をする。それは白く荘厳な雰囲気の教会であった。

「御祈り(おいの)の時間、にしては遅めですわね」

「マリー、悪いけど教会の様子見てきてくれたりしないか？」

「構いませんが、レイさんは？」

「俺は教会大っ嫌いなんだ。察してくれ」

「あぁ……ＧＯＤの方々は教会嫌いが多いですものね」

「アリスもちょっと近づきたくない」

「わかりました。ではわたくしが見てきます」

二人の感情を理解しつつ、マリーは教会に近づく。

だが教会のすぐ前まで行くと、少し異様なものを感じ取れた。

「誰も教会に入ってませんわね」

何故か人々は教会に入らず、その前に集まっていた。

何があるのか気になったマリーは、人混みの中に入ってその正体を探る。

ざわざわとした喧騒を抜けた先には、簡素な作りの屋台が一つあった。

「水鱗王がこの地を去って五年、王が見捨てたこの街は厄災に塗れております」

屋台に立って何かを説いているのは、司祭の服を着た小太りの中年男性。

そしてその横には彼の相棒らしき蛇型の魔獣が佇んでいる。

「しかし！　神は貴方がたを見捨てたりなどしません。貴方が真に信心深い者であれば、神は必ずや貴方がたを悪霊からお守りする事でしょう」

清貧を美徳とする聖職者とは思えぬ見た目と、下卑た表情。

それを目にした時点でマリーは心底呆れかえってしまった。

「信じる者は救われるのです。そして我々聖職者はそのお手伝いをするもの。この司祭ガミジン、本日は皆さまの信仰の助力になればと祈りを込めた物をご用意いたしました。さぁお並び下さい。ほんの一シルバのお布施で貴方がたに神の祝福を授けましょう」

そう言うと司祭は十字架の刺繍が施された小さな巾着袋を屋台に並べ始めた。

集まった人々は我先にと屋台に並び始めるが、マリーは「これ以上は見てられない」と内心吐き捨てながら人混みから抜け出した。

「どうだった？」

「呆れて物も言えないとはこの事ですわ。長引く幽霊船騒動で心細くなる人達は解りますが、そこにつけ込んで簡素な御守り（おまもり）を売りつけるだなんて。とんでもない生臭司祭ですわ」

「オイオイオイ。教会の総本山が知ったら極刑だぞ」

「……そうだね」

妙に空虚な声で返すアリスに、マリーは何か変なものを感じる。

「神様に縋り（すがり）たい気持ちは分かるけど。肝心な時に何も出来ない神様なんか、信じても意味無いのにね」

「おっ言うね。俺もそう思うぞ」

「ア、アリスさん、流石にこの場でそれを言うのは」

「別に聞こえてもいい、事実だもん」

そう言うとアリスはさっさとその場を去り始めた。マリーとレイは慌ててその後を追う。

「何が起きても、結局当事者が頑張らないと何にもならないのに」

「どうしたのですかアリスさん」

「あぁ、アリスは昔から」

「嫌いなの」

淡々と、それでいて重圧を感じるように言葉を繋げて（つなげて）いくアリス。

「アリス、神様とか大っ嫌いなの」

嘲笑。何かに対する失望すら感じさせる様子で、アリスはハッキリと言い放つ。

「まぁ、あまり気にはしないで。アリスの勝手な考えだから」

追及は出来なかった。ここから先に踏み込むには生半可な気持ちでは駄目だと、マリーは本能的に感じ取っていた。

だが、目の前で内に何かを孕んでいる仲間を見過ごすなど、マリーには出来なかった。

「……マリー？」

無意識にアリスの手を掴んだマリー。

「あの、出会って間もない身の上でこう言うのは図々しい事かもしれませんが！」

アリスの目を見て、マリーは一生懸命に訴えかける。

「叫びたくなった時、助けが必要になった時は、躊躇わずにわたくしの手を取ってくれて構いません。ですから……アリスさんが話したくなった時に、貴女の事を色々聞かせて頂いても良いですか？」

「……フレイアに影響された？」

「そうですわね、フレイアさんには色々と学ばせて頂いたので……誰かに手を差し出すという事も、誰かと絆を繋ぐという事も、全て」

「色々あったんだね」

「はい。アリスさんも何かあってチームに入ったのですか？」

「アリスじゃなくてレイが色々あった。アリスはレイの回復係の為に入っただけ」

「そうなのですか」

「そうだよ」

するとマリーは「でしたら」と言って、アリスに手を差し出した。

「お友達になりませんか？　せっかく同じチームになったのですし、わたくしの事は姉のようなものだと思ってくださいな」

少しの沈黙が場に流れる。

「良いじゃんかアリス。友達が出来そうだぞ」

「うん……そうだね」

拒絶はしない。アリスはそっとマリーの手を握り返す。

「アリスで、良ければ」

「はい。よろしくお願いいたしますわ」

女子二人の間に友情が芽生えた。レイはそれを優しく見守る。

だがそれはそれとして、一つだけ訂正事項があった。

「ねぇマリー。アリス……十八歳だからね」

「……え？」

「そうだぞ。コイツ見た目小さいから勘違いされやすいんだ」

「わ、わたくしと同い年だったのですか!?」

ちなみにレイは一つ年下である。

心底驚いているマリーをなんとか我に返し、レイは聞き込みの続きを始めるのであった。

「おーいアリス。行くぞー」

先に歩き始めるレイとマリー。その背を見つめながら、アリスはロキを強く抱きしめる。

「キュ～」

「うん、大丈夫だからね」

抱きかかえているロキにしか聞こえない声量で、アリスは呟（つぶや）いた。

「本当に……命は大事にしてね」

◆

情報を求めてレイ達は聞き込みを続ける。目新しいものが出てこないので次の場所へ移動。移動。移動。移動。

街の散策を兼ねた聞き込み調査を始めて一時間と少々。周りに広がるのはボロボロの樽（たる）や苔（こけ）のついた岩が味付けする砂浜と青い海。近くには何年も放置されているであろう廃墟（はいきょ）までである。気づけばレイ達は、人の少ない浜辺にまで辿（たど）り着いていた。

目の前のさざ波を見つめながら、三人は砂浜に転がっていた流木に腰掛ける。

「これといった新情報、無しかよ……」

潮の香りを感じながら、気の抜けた声を漏らすレイ。

「結局、幽霊船に関してはよく分からず、ですわね」

「街の中で幽霊を見たって人もいたけど、あまりハッキリ覚えてない人ばっかだ」

「ですが、いかにもな幽霊像でしたわね。夜の街をフワフワ飛んでくるなんて、絵本のお化けみたいですわ」

「本当に幽霊かは疑問しか残らないけどな」

「あら？　レイさん、幽霊は信じないタイプなのですか？」

幽霊に否定的なレイに「意外だ」と言わんばかりに首を傾げるマリー。

その反応に対して、レイは思わず首からガクッと力が抜けてしまった。

「お前整備士だから幽霊信じる人だと思ってるだろ。逆だよ逆」

「レイは整備士だから、幽霊を信じない」

「アリス。台詞を盗らないでくれ」

魔武具整備士となるには魔法及び魔法術式の知識が必要不可欠である。

そして魔法術式を学ぶ過程で、整備士は人間の霊体に関する知識を学び、その後も研究を続ける者は少なくない。

整備士は霊体を研究する、それ即ち幽霊を信じるのだと連想する者は意外と多いのだ。

「確かに整備士は霊体に関する知識も多く持ってるけど、そもそも霊体と肉体は二つで一つの存在じゃないといけない。どちらか片方が欠けてもダメ、霊体が無くなったら肉体は死滅するし、肉体が無けりゃ霊体は存在できない。整備士は皆それを知ってるから幽霊を信じないんだ」

「そうなのですか」

「まぁ満場一致で幽霊と呼ばれるくらいだから、パっと見はそれらしく見える何かなんだろうけど……さてどんな種を仕込まれてるのか」

幽霊を演出するだけなら幾つか方法は思い浮かぶが、とても魔獣の悪戯レベルで成せる代物ではない。海棲魔獣の悪戯という説が出ていたが、レイの中では否定されつつあった。

顎に手を当てて考え込むレイ。そんな時、彼の足元に一つのボールが転がってきた。

「ん？」

レイがスイカ大のそれを持ち上げると、持ち主らしき少年がボールを追ってやって来た。

「ほらよ」

「ありがとー！」

レイがボールを投げて返すと、少年は元気に走り去って行く。少年が行く先に目をやると、何人もの幼い子供たちがボール一つを使って無邪気に遊んでいた。

「子供は元気だな～、大人達はみんなピリピリしてるってのに」

「たぶん、遊んで気を紛らわせてる子」

「ん？　気を紛らわせる？」

アリスの発言に、すぐにピンとこなかったレイ。だがマリーは。

「あっ。疎開している子供達ですわ」

ここでレイは住民への調査の中で聞いた、ある話を思い出した。

「幽霊船の影響で帰ってこられない船、たくさんある」

「そうか、バミューダシティは港町。両親共に船乗りの子供は、親と離れ離れのまま……」

貿易が盛んな海の街なので、バミューダシティでは両親が船乗りの子供は珍しくない。

街の中も何時魔獣が暴走するか分からないので、親が帰って来られない子供達は街の果てにある施設に疎開しているのだろう。

この手の事件が起きた都市では、決して珍しくもない話だ。

「今は楽しそうでも、あの子達は……」

「きっと寂しいでしょうね……レイさん、どうかされましたか？」

「ん、あぁ、ちょっとな」

砂浜の上で遊ぶ子供たちを漠然と見続けるレイ。

元々十歳の時に養子として拾われた身の上なので実の両親を知らない事に加えて、養父だが父親との死別を経験しているレイは、家族と別れるという感情をそれなりに理解しているつもりだった。だが自分よりも圧倒的に幼い彼らにとって、それがどれ程のストレスになるのか。それはきっと自分の想像を超えているのだろうと、レイは考えていた。

「早く終わらせなきゃな。じゃないと後味が悪い」

「そうだね」

レイが気合を入れなおしていると、マリーは小さく微笑んできた。

「なんだよマリー」

「いえ。レイさんはお優しい方なのですね」

「急になんだよ」

「なんとなくなのですが、もっと気難しい方なのだと思ってましたの」

「まぁ否定はしないけどな」

「やはりフレイアさんが見込んだ方なだけはありそうで、安心ですわ」

「それはお互い様だろ」

「そうかもしれませんわね」

ニコニコしながら話をするマリー。表面だけ見れば落ち着いたお嬢様だ。

しかしレイはマリーがそんなタイプではないと確信している。

おしとやかなお嬢様は、銃を二挺も携帯したりしない。

「さて、問題はこれからどう動くかだよな」

「ひとまず休憩を挟んではいかがでしょう？　あまり無理をするものではありませんわ」

「アリスも休憩したい。あとレイは強制的に休憩」

「いや、俺は問題ないんだけど」

「休憩」

「はい」

主治医であり幼馴染の言葉には逆らえないレイであった。

三人が気を緩めながら海を眺めていると、どこからか歌声が聞こえてくる。

――さーかーえーよー♪　なーがーくによー♪――

幼い声色。だが非常に美しい歌声でもあった。思わずレイ達は聞き入ってしまう。

――ひーろーがーれー♪　なーがーうみよー♪――

レイは無意識に歌声がする方へと振り向く。それはすぐ近くにある廃墟からであった。

気になって仕方ないレイは立ち上がり、廃墟の方へと歩み寄る。

（ん？　魔力(インク)の匂い……誰か使ったのか？）

微(かす)かな魔力の匂いが少し気になったが、すぐにレイの思考から消え去った。

廃墟の裏。歌声に近づいて行くと、そこには三つ編みにした金髪が特徴的な少女がいた。

年齢は九歳くらいだろうか。幼いのに上手(うま)いものだと、レイは無言で感心してしまう。

「だれ？」

三つ編みの少女が気づいた。

「あぁ、歌の邪魔して悪いな。怪しいもんじゃない」

「お母さんがいってた。悪い大人はみんなそう言うんだって」

「防犯意識の高い良いお母さんだな。じゃなくて、俺らは一応こういうもんだ」

そう言ってレイは、腰から下げていたグリモリーダーを見せた。

瞬間、少女は目を見開いた。

「おにーさん、操獣者なの？」

「そうだぞー、操獣者のお仕事しに来たんだぞー」

鼻を天狗のように伸ばしながら「操獣者のお仕事」という箇所を強調するレイ。

後ろからついて来ていたアリスは、何とも言えない表情を浮かべていた。

「後ろのおねーさん達も、操獣者さん？」

「はい、そうですわ」

「同じく」

マリーとアリスもグリモリーダーを見せる。

すると少女は、どこか縋りつくように声を上げた。

「じゃあ、王さまを助けてくれますか!?」

「王様？　バミューダの王と言いますと、水鱗王バハムートでしょうか？」

少女はマリーの言葉に、何度も首を縦に振る。

「幽霊船、王さまが頑張って街に来ないようにしてるの……だけど王さま、いつも苦しそうな声ばかり出してて」

「水鱗王が、幽霊船を抑え込んでる？　というかちょっと待ってくれ。水鱗王って行方不明じゃないのか？」

「王さま、最近会えてないけど、声はずっと聞こえてるよ」

「……なぁ、水鱗王は最近なんて言ってたんだ？」

「最近は夜に声が聞こえるの。幽霊船から幽霊が出たら教えてくれるの」

レイは真剣に少女の言葉を聞いていた。子供の戯言(たわごと)などと切り捨てるには、何か直感的に拒否反応が出たのだ。

そんなレイの後ろ姿に、マリーとアリスも同じく少女の話を聞く。

「それにね、最近街でこわい怪物も出てくるの」

「怪物？　それは初耳だな」

「うん。幽霊といっしょに出てくるの」

どうやら幽霊とは別物らしい。

「怪物ってどんなのなんだ？　えっと……」

「良ければお名前を教えてはくれませんか？」

「私の名前？　私はメアリー。それでね、怪物は……ん～、なんて言えばいいんだろう？」

少々頭を抱える少女こと、メアリー。

幼い表現力を駆使して何とか伝えようとしている事は、レイ達にも容易に伝わった。

数瞬の時を待って、メアリーが口を開き始める。

「えっと……グチャグチャにした、ヘビと人間を、もっとグチャグチャに混ぜた、感じ？

……とにかくスゴく怖いの」

「えっと、イマイチ想像しにくいですわね」

「レイ、どう思う？」

口元に手を当てて「怪物」の事を考えるレイ。わざわざ人間と言われたくらいなのだから、少なくとも人間と呼べる特徴はあったのだろう。

だがそうなると「グチャグチャ」が分からなくなる。仮に蛇系の魔獣と契約した操獣者だとしても、魔装を身に着けている限り外見はそれほど醜くなる筈は無い。

だからと言ってそれらしい姿を持つ魔獣をレイは知らなかった。

「レイ？」

「んあ、悪い考えこんでた」

アリスの言葉で思考を一度止めたレイ。どうやら夜の街も一度調べる必要がありそうだ。

「夜に悪い幽霊と怪物が出るとね、王さまが教えてくれるんだけど……王さまの声、すごくつらそうで」

俯き、徐々に消え入るメアリーの声。

それを見たレイの身体は、自然とメアリーの頭に手を添えていた。

「心配すんな。王様だろうが何だろうが、目に見える範囲だったら俺が助けてやる」

「ほんと？」

「おうよ。それに幽霊だろうが怪物だろうが、悪いのは全部ぶっ飛ばしてやる。だから安心しろ」

レイはワシワシと少し乱暴にメアリーの頭を撫でる。

「面倒事は自称ヒーローに任せといて、子供は元気に遊んどけ」

ニッと笑みを浮かべて余裕風を吹かせるレイ。

目途も根拠も何もないが、気休めでも今は目の前の少女の光になってやりたかったのだ。

『レイ、聞こえるか？』

突如、レイの胸ポケットに入っていた銀色の獣魂栞(ソウルマーク)から声が聞こえてきた。

『海の中を調べ終わった。色々と気になる事がある』

「分かった。最初の港で落ち合おう」

スレイプニルの調査報告を聞くために、レイ達は一度浜辺を後にするのであった。

◆

港の空には、スレイプニルが滞空していた。

レイが手を掲げると、スレイプニルは銀色の獣魂栞に姿を変えて、その手に収まる。三人は少し緊張した雰囲気で、銀色の獣魂栞を取り囲む。

「それで、海の方はどうだったんだ？」

『うむ……結論だけ言ってしまえば、尋常ならざる事態だった、だな』

スレイプニルから発せられた言葉に、一同の顔が強張(こわば)ってしまう。

「……具体的には？」

『そうだな、幾つか報告すべき事項はあるが……まずは水鱗王の事について話そう』

「バハムートがどうかしたのか？」

『……居なかったのだ。これだけの騒動が起きているにも拘わらず、水鱗王の姿がバミューダ近海の何処にも無かったのだ』

「いやいや、王が居ないってそんな筈は」

「では、あのメアリーさんの証言は嘘だったのでしょうか？」

「俺にはそう思えなかったけどなぁ」

『そちらも何かあったのか？』

レイは街の調査中に出会ったメアリーという少女の事をスレイプニルに話した。

バハムートと意思疎通をしている事、彼女がバハムートから聞いた事、怪物と幽霊の事などなど。そして彼女が、バハムートを助けて欲しいと願っていた事。

それらの話を聞いたスレイプニルは、少し考え込んだ。

「スレイプニルはどう思う？」

『現段階の情報では何も判断できんな』

「だよなぁ。色々と情報が少なすぎる」

『だが、仮に水鱗王が存命であれば……その手の行動は起こすであろうな』

スレイプニルは水鱗王に関する話を続ける。

『領地に生きる人獣の為であれば、迷う事無くその命を賭す。それが水鱗王バハムートであった』

「じゃあ、水鱗王はやっぱり生きてるのか？」

そう言うとスレイプニルは、銀色の獣魂栞から魔獣の姿に戻り、レイ達に背中に乗るよう促した。スレイプニルの背に乗り、海上へと移動するレイ達。

海に起きている異変は、一目で理解できた。

「……なんだこれ？」

思わずレイはそう呟いてしまう。驚いたのはマリーも同様だ。

本来なら青一色の海。しかし今レイ達の眼前に広がっている海は違った。

多彩であった。色とりどりの液体が汚い虹色とも形容できるほどに混在していた。

「なぁスレイプニル。誰か油絵の具でもぶちまけたのか？」

「その程度で我は異常とは言わんよ。レイ、匂いを嗅いでみろ」

言われるがままに匂いを嗅ぐレイ。海の色の正体はすぐに理解できてしまった。

「魔力の匂い……まさかこれ、全部ソウルインクか!?」

「そうだ。この海に棲む魔獣達が際限なくソウルインクをばら撒いているのだ」

「な、何のためにそのような事を？」

「魔獣達が何か術式でも組んだのか？」

レイは至極普通な推理をする。だがそれにしては無作為な撒き方に見えた。

「レイの考えは恐らく違うだろう。我も気になって水面のソウルインクを調べてみたのだが……あの魔力自体には何も無かった。特別な魔法術式も込められておらず、攻撃転用もできないただの魔力だよ。強いて言うなら少しでも長く海上に浮かぶように二、三魔法文字が入っていたくらいだ」

「それ、何か魔法的な意味あんのか？」

「無いな」

「だろーな」

さらりと断言するスレイプニルに、思わずレイは肩の力が抜けてしまう。

「かつて我が出会った水鱗王は己が領地の危機に出奔するような性格では断じて無かった。仮に長期間不在になるのであれば、近海の魔獣に代役を任せる筈だ」

「と言うことは、その代役も居なかったのか」

「その通りだ。そしてコレはもう一つの異変なのだが、海棲(かいせい)魔獣達の様子が奇妙なものだった」

「まぁ話を聞く限り、水鱗王の代役たてなかったり、魔力撒き散らすくらいには奇行に走ってるんだろうけど」

「それも含めてだな。我が記憶している限りバミューダ近海の魔獣は、悪戯(いたずら)こそ好きだが本質は人獣問わず友好的な者たちばかりであった」

であった、という過去形に一同は少し嫌な物を感じてしまう。

「海の魔獣が攻撃的にでもなっていたのですか？」

「否、その逆だな。異常なまでに静かだったのだよ。時折身体から魔力を吐き出す以外は、まるで虎が獲物を狙う時の様に岩陰で静かに海中の様子を窺っていたのだよ。それも一体の例外無くだ」

「それ、話聞けたのか？」

「近づいただけで逃げられてしまったな。異様に警戒心が強くなっている」

そこまで聞いたレイは思わず「わけが分からん」と零してしまう。

「撒かれた魔力そのものには何も意味はない。だが……魔力を撒く事自体には、何らかの意図はある筈だ」

「と、言うと？」

「むしろコレが今回の本命かも知れんな……沖の方に巨大な力の残滓があった」

その言葉を切っ掛けに、レイ達の間に緊張が走り抜けた。

「まさか、幽霊船ですか？」

「そうかもしれないし、そうでないかもしれない。あくまで残滓を感じ取っただけだ、今の我には断言できんよ」

「でもそこまで感じ取れたんなら、どういう魔獣の力かスレイプニルなら分かるんじゃないのか？」

「分からなかった、と言えばどうする？」

スレイプニルの発言に、レイは「は？」と小さく零してしまう。

仮にもスレイプニルは数百年を生きた魔獣だ。その知恵と経験は並のものでは無い。

そのスレイプニルが分からないと答えてしまう力が存在する事に、レイの頭は理解するのに時間がかかってしまった。

「え、分からない？　スレイプニルでも？」

「そうだ。我も長く生きて来たが、あのような奇怪な魔力は初めて感じた。人とも魔獣とも呼べぬ何か……跡を追おうにも、件の残滓は水中から突然湧いて出たように漂っていたのでな、大して何も解明できんかったよ」

「本当に幽霊疑惑加速、ひじょーにマズい？」

「キュイ～」

「呑気に言わないでくれ」

ロキを抱きながら淡々と述べるアリスに、苦々しい視線を向けるレイ。

だが彼女の言う事も尤もであった。かの戦騎王でさえ未知と称する力、それが幽霊であろうが無かろうが、脅威である事に変わりは無いのだ。

レイは心の中で「これ本当にランクDの依頼なのか？」と思わずにはいられなかった。

「なぁスレイプニル、海にあった力の残滓ってバハムートの物じゃなかったのか？」

「どうだろうか。少なくとも我には水鱗王のそれには思えなかったな」

「じゃあ質問変更。バハムートは遠距離に居る人間と意思疎通をする手段を持っているか？」

「理論的な事だけで言えばあり得るな。海棲魔獣の多くは特殊な音を使って海中での意思疎通を行うのだが……ここまで言えばマリー嬢なら分かるのではないか？」

「はい、海の魔獣は人間には聞くことができない特殊な音を用いる種が多く存在します。ですがその魔獣と契約を交わした者、もしくは極稀に現れる適性を持った人間には聞き取ることが可能ですわ」

「レイ、やっぱりメアリーの事、気になる？」

「キュー」

アリスの言う通り、レイはどうにもメアリーの事が気になっていた。

それはスレイプニルも同じらしく、一度直接話を聞いてみたいと言った。

だがそろそろ夕暮れだ。今日は一度宿に戻り、夜の調査は後で行う事となった。

◆

外はとっぷりと暗い夜の空。

宿屋で女子二人が部屋に行ったのを確認したレイは、トイレに行くふりをして一人宿の外へと出ていた。

不気味な程に音のしない街道を駆け抜けるレイ。

その街の様子に複雑なものを感じながら、レイはメアリーと出会った浜辺に来ていた。

「だーれーも居ないな……よし」

他に人が居ない事を確認したレイは、グリモリーダーと銀色の獣魂栞を取り出す。

「Ｃｏｄｅ：シルバー解放、クロス・モーフィング」

一応夜なので小声で呪文を唱える。

十字架を操作して、レイは瞬時に変身を完了した。

『何をするのだ？』

「秘密の特訓ってやつだな」

レイは呼吸を安定させて精神を統一する。

「いくぞ、スレイプニル」

レイの体内で魔力が加速する。スレイプニルの魂とレイの疑似魔核が波紋を起こして重なり始める。

月の光に照らされながら、レイはグリモリーダーを操作した。

「融合召喚、スレイプニル！」

スレイプニルの魔力とレイの肉体が急激に混ぜ合わさっていく。魔装の装着時に変質していたレイの肉体が、更に異質な魔獣のものへと変化し始める。レイの身体にスレイプニルが纏わっていたのではなく、レイの身体を通してスレイプニルが召喚されようとしている。身体の内側から巨大なエネルギーが実体を紡ぎ出そうとする……が膨大なエネルギーに耐え切れず、魂の波長が乱れる。身体の周りで魔力が破裂する音が鳴り響くと共に、レイの変身は強制解除されてしまった。

「痛ったぁ～」

破裂した魔力の衝撃が全身に響き渡り、レイは耐え切れず大の字に倒れ込んでしまった。

『なる程、融合召喚術か。今のレイには早すぎる』

「いやほら。せっかく操獣者になれたんだからさ～、やっぱ奥義試したいじゃん」

『簡単に出来ぬからこそ、奥義なのだよ』

獣魂栞(ソウルマーク)から聞こえるスレイプニルの声に返す言葉もないレイ。

【融合召喚術】。この魔法は操獣者が目指すべき奥義の一つとされている。

自身が契約した魔獣と完全に一体化し超強化魔獣、通称【鎧装獣(がいそうじゅう)】へと変化する技だ。

この融合召喚術を使える事が、操獣者にとって一つのステータスとなっている。

「たかが一回の失敗だ。もう一回！」

破裂した魔力の衝撃で吹き飛ばされたレイだが、すぐさま起き上がりもう一度変身する。

そして、先程と同じ手順でグリモリーダーを操作し再び融合召喚術を試みた……が、またしても強烈な破裂音と共に失敗に終わった。

その後も挫(くじ)けること無く何度も挑戦するレイだが、結局一度も成功することは無かった。

「上手(うま)くいかないし、身体めっちゃ痛いし」

『鍛錬とは、そういうモノだ』

夜の砂浜の上で大の字に倒れ込むレイ。

見上げた空には綺麗(きれい)な星々が散らばっていた。

『何を焦っているのだ』

「なんの事かなー」

『惚けるでない、今のお前は少々生き急ぎ過ぎている。夢に近づき浮き足立つのは良いが、焦りはミスを呼び寄せる。もう少し落ち着いて見る目を養え』

「……早く追いつきたいんだよ」

『エドガーにか？』

「違う、チームの奴らにだ」

そう言うとレイは勢いよく起き上がり、話を続けた。

「スレイプニルも気づいてるだろ。レッドフレアの奴らは全員相当な実力者だって」

『そうだな』

「多分だけど、融合召喚術も全員使える筈だ」

『そうだろうな。そう言われても納得がいく程には、皆手練れだ』

「足手まといにはなりたくないからな、少しでも早く距離を詰めたいんだよ」

仲間からの信頼には応えたい。

その純粋な思いからの行動だが、レイにはどうも加減が分からなかったようだ。

『なら一層焦る事はない。弱さを認め、その弱さを任せ合うのも友のあり方の一つだ』

「……そうだな」

レイは弧を描くように立ち上がって、服についた砂を叩いて払う。

「じゃあ、アリスにバレる前に戻るとするか」

バレれば何をされるか分かったものでは無い。

レイが宿への帰路につこうとした瞬間、何処からか綺麗な歌声が聞こえてきた。

「さーかーえーよー♪　なーがーくによー♪」

ハッキリと聞こえる歌声。おそらく歌い手は近くにいる。

あれだけ周辺を確認したのに見落としていた事にレイとスレイプニルは驚いていたが、耳触りの良い歌声に流されて、そんな思いはすぐに何処かへ消えてしまった。

耳をすます。それは昼間にも聞いた覚えがある歌だった。こんな夜更けに響く幼い歌声が気になったレイは、ついついその主の下に歩みを進めてしまった。

「ひーろーがーれー♪　なーがーうみよー♪」

少し歩いた先には小さな人影が一つ。廃墟前の瓦礫上に座って歌っているのは、三つ編みを潮風に煽らせている幼い少女。レイが昼間に出会ったメアリーという少女だった。

『ほう、何処かで聞き覚えがあると思えば、水鱗歌ではないか』

「水鱗歌？」

『水鱗王を讃える際に歌われる、バミューダに伝わる讃美歌だよ。随分昔に耳にしたのが最後でな、我もすぐには思い出せなかった』

「へー、由緒正しきってやつか」

そんな事を考えながらレイがメアリーに近づくと、胸ポケットに収められていたスレイ

プニルが驚いた声を出した。

『む、この気配……水鱗王か』

「は？　何言ってんだスレイプニル」

海に視線を向けてもそれらしき存在は見えない。

バハムートはかなりの巨体の持ち主の筈だ。

『いや違う、これは……』

「だぁれ？」

レイ達の存在に気がついたメアリーは、歌うことを止めて振り向いた。

「あ、昼間のおにーさん」

「よっ！　数時間ぶり」

軽く挨拶をして、レイはメアリーの隣に腰掛ける。

「こんな夜中にちびっ子一人、流石に危ねーと思うけど？」

「大丈夫、かけっこ得意だから幽霊がきても逃げられるもん」

「逃げた後もそう言えるのか？　家で親にお尻ペンペンされても知らねーぞ」

「おとーさんもおかーさんもまだ帰ってこないから大丈夫。それに私の家ここだもん」

「悪い……っていうかここに住んでるのか!?」

眼前にあるのは、どう見ても人が住めない廃墟である。

いや、それよりもこの娘も親と離れ離れになった子供の一人なのだろう。

余計な事を口にしてしまったと、レイは反省するのだった。

「やっぱり心細いよな」

「うん……でも王様がいるし、おとーさんもおかーさんもあんまり家には居ないから、思ってたよりは寂しくないよ」

「親は船乗りなのか？」

「うん。だから普段は学者さんのおじーちゃんと一緒にくらしてるの。それにね……」

「ん？」

「おとーさんと約束したんだ、次の航海に連れてってくれるって。もうすぐいっぱい一緒にいられるから、私は全然さみしくない」

「ちっちゃいのに逞(たくま)しいな」

「えへへ、それよく言われる」

幼くして前向きに生きようとするメアリーの心構えに、レイは素直に敬服する。

そして昼間に出会った子供達の様子を思い出した。

子供というのは存外強いものなのかもしれない、レイはそう思わずにはいられなかった。

「おとーさん達が帰ってきたら聞いてもらうんだ、王さまから教えてもらった歌」

「もしかしてさっき歌ってた水鱗歌か？」

「そうだよ」

「ちびっ子にしちゃ歌上手いじゃん」

「ありがとう。メアリーは歌が上手だねって街の人もほめてくれるんだ〜」

「だろうな。褒めないのは耳が聞こえない奴と最高に趣味が悪い奴だけだろ」

実際素人の耳で聞いても、メアリーの歌声は幼子とは思えない程に美しいものであった。

あと数年も経てば街の歌姫とでも呼んで貰えるだろう。ならば今の内にサイン貰ったら後々価値が出てふんぞり返れるかもしれない……と一瞬だけ邪な考えを抱いてしまうドルオタことレイであった。

「今年は私が歌い手だし、いつも王さまに聞いてもらってるから、いっぱい上手になったんだ〜」

「……バハムートにか?」

「うん。上手に歌うコツはね『歌い終わった歌詞を頭の中に浮かべながら歌うこと』なんだって。かわってるよね」

「なんか魔法術式の構築みたいな歌い方だな。で、今日も聞いてもらったのか?」

「うん、そうだよ」

無邪気に答えるメアリーを見て、その言葉に嘘を感じ取れなかったレイ。

やはり彼女は何らかの適性を持つ者なのだろう。そして水鱗王は未だ何処かにいる。今回の事件を解く鍵は彼の王が持っているのかもしれないと、レイは直感していた。

「スレイプニル」

『うむ。お前が言っていた通りこの娘からは不実の気は感じられん。だがそうなれば、水鱗王は何処へ……』

「だれの声？」

「あぁ、俺の契約魔獣の声だ」

『スレイプニルだ』

「こんばんはー」

『突然の質問で申し訳ないのだがメアリー嬢、我は水鱗王とは古い知り合いでな、彼の王の姿が見えないので些か心配しているのだ。もし居場所を知っているのであれば教えて貰えると助かる』

「うーん……わたし分かんない。王さまの声だけ聞こえるの。すっごく遠いところから」

『……遠距離通話か』

「遠距離通話？」

『格の高い海棲魔獣が使う音は遥か遠距離にまで飛ばす事が出来ると聞いた事がある。声は聞こえども姿は見えない……であれば音を用いた遠距離通話でメアリー嬢と交流していると考えるのが無難だろう』

間接的にバハムートの現在地が非常に遠い可能性を突きつけられて、レイはその場でガクリと項垂れた。明日から大変なことになる。それを考えて憂鬱な気分に浸っていると、メアリーがレイに質問をしてきた。

「おにーさんはここで何をしてたの？　バーンバーンってすごい音がなってたけど」

「んあ、あぁそれな。融合召喚術の練習をしてたんだ」

「ゆーごー？」

「魔獣と一つになってパワーアップする操獣者の奥義さ。これが中々上手くいかなくてね」

「……波が合ってないからじゃないの？」

さも当然の指摘だと言わんばかりに首をかしげるメアリー。

初めて耳にする指摘にレイの好奇心はチクチクと刺激されていた。

「波って？」

「えっとねー、人も魔獣もみんな自分の音を持ってるの。そして音には波がある。街のなかで仲良しな人と魔獣を見るとね、みんなその波がピタっと合わさってるの」

抽象的ながらも必死に説明するメアリーの言葉に、レイは集中して耳を傾ける。

「練習の音ずっと聞こえてたけど、おにーさんとスレイプニルさんって波の形は似てるけど、波がピッタリ合わさってないの。だから上手くいかないんじゃない？」

「波、か……」

解るような解らないような。レイは何とか論理的に解釈を試みるが、中々上手く頭に浸透しない。だがきっと、メアリーの言葉は何か成功ヒントになる気がしたので、レイは必死に頭を唸らせた。

「ひーろーがーれー♪　なーがーうみよー♪」

気づけば隣でメアリーが再び歌い始めていた。

綺麗な音色はレイの耳に入ってくる。ほんの少しだけ気が楽になった気がした。

レイは静かに彼女の歌に聞き入る。

「さーざーなーみ――ッ？」

だが突如として、メアリーは歌を中断させ、その顔色を青白く染め上げた。

「いっぱい漏れた……」

「どうした？」

「王さまが叫んだの、いっぱい漏れたって」

「漏れたって、何が？」

「幽霊」

そう言うとメアリーは瓦礫の上から飛び降りて、レイに向かってこう言った。

「おにーさんも早く逃げてね！　お外にいたら幽霊に捕まっちゃうから！」

「おい、ちょっと待ってくれ！　と言うか家の中に逃げないのかよ!?」

レイがすぐにメアリーの後を追おうとした、その瞬間であった。

『っ!?　レイ、そこを動くな！』

反射的にスレイプニルの制止の声に従ったレイ。

次の瞬間……ブォンと、レイの目の前を見えない何かが通過して行った。

「今のは」

『レイ、後ろだ！　右に回避しろ！』

　スレイプニルに言われるがまま、レイは右にステップを取る。

　すると先程までレイが居た場所を、またもや見えない何かが斬りつけていた。

『レイ、敵は見えているか』

「悪いけど全然だ！　周りに居るのだけは分かってるんだけどな！」

　確実に何かがいる。だが存在を感じられても、肉眼でその姿を捉える事ができないので、レイはこの上なく不気味に感じていた。

「そう言うスレイプニルは？」

『見えている。どうやら魔力越しでなら視認できるようだ』

「だったらやる事は一つだな」

　レイは腰のホルダーから取り出したグリモリーダーと銀色の獣魂栞を構える。

「Ｃｏｄｅ：シルバー解放！　クロス・モーフィング！」

　グリモリーダーに獣魂栞を挿し込んで、呪文を唱える。

　魔装変身。レイの身体は銀色の魔装に包まれ、その頭部はスレイプニルの魔力で形成されたフルフェイスマスクで覆いつくされた。

　変身したことで視界が魔力越しのものへと変化したレイ。

　すぐに敵の姿を視認する事ができた。いや、できてしまった。

「……おいおいマジかよ」

周囲を取り囲むのはおとぎ話に聞くそれであった。

大半が白骨化した身体にボロボロの布を纏(まと)い、大鎌を手にして浮遊する者ども。

「本当に……幽霊でちゃった」

いかにもな幽霊に囲まれて流石にレイも少し驚く。

一瞬海の方に目を向ければ、さらに多くの幽霊が街に向かってやってくる様子まで見えてしまった。そして変身した事によって耳も魔力で覆われたからか、幽霊達の声まで聞こえる様になってしまった。

「「捜セ……ハグレヲ……捜セェェェ」」

幽霊達は皆同じ言葉を口にしながらバミューダシティの空を飛びまわる。

街の中が心配になるレイだが、今は目の前の幽霊をどうにかしなくてはならない。

「チクショー、これ滅茶苦茶(めちゃくちゃ)厄介な案件じゃねーか！」

厄介な現状に愚痴を吐きつつも、レイはコンパスブラスターを構えるのであった。

「そーらよッ！」

大鎌を携え浮遊している幽霊相手に、レイは剣撃形態(ソードモード)のコンパスブラスターを振るう。

武闘王波(ぶとうおうは)で強化された一撃だ、まともに食らえばただでは済まない攻撃。

だが振り描いた一閃(いっせん)は、幽霊の身体をすり抜けてしまった。

「なッ!?」

攻撃がすり抜けた事実に衝撃を隠せないレイ。

幽霊達は何事も無かったと言った様子で、レイに向けて大鎌を勢いよく振り下ろした。

レイはそれをギリギリで躱し、続けざまにコンパスブラスターの刃を幽霊達に叩きつける。横一文字、縦一文字。様々な軌道でレイは斬りつけるが、その悉くが幽霊達に通用しなかった。

「オイオイ、幽霊らしく物理攻撃は無効ですってか？　冗談じゃねーぞ！」

『無駄口を叩いている暇はないぞ』

「わーってるよッ！」

レイを取り囲み攻撃の手を止めない幽霊達。

物理攻撃が効かない以上、剣撃形態ではどうにもならない。

「形態変化、コンパスブラスター銃撃形態！」

銃撃形態に変形させたコンパスブラスターに魔力と術式を込める。同時に、武闘王波によって強化された感覚神経が背後から襲いかかる幽霊の挙動をレイに知らせる。

瞬時に振り向き流れるような動作で、レイは幽霊に向けて引き金を引いた。

幽霊の腹部に命中する魔力弾。

着弾と同時に、幽霊が断末魔を上げる事もなく爆散し消滅した。

「なる程、魔力攻撃は有効なんだな」

『では話も早いな』

レイはグリモリーダーから獣魂栞を抜き取ってコンパスブラスターに挿入する。

魔法術式の構築を超高速で頭の中で済ませると同時に、コンパスブラスターの中で大量の魔力弾を形成していく。

「全部まとめて爆散しやがれ！」

動体視力強化、反射神経強化。幽霊の大鎌が到達するより早く、レイは弾込めを終えたコンパスブラスターを構える。身体を回し、円を描くように魔力弾を連射する。

高速で放たれた魔力弾は、レイを取り囲んでいた幽霊達の身体へ次々に着弾していった。

悲鳴を上げる間もなく爆発霧散していく幽霊達。

だがその後ろから、難を逃れた幽霊が隙を作る事なく攻めてくる。

「攻略法が分かれば！」

『どうという事はない』

一体、また一体と銃撃していくレイ。攻略法が判明したおかげか、少し心と頭に余裕ができたレイは幽霊が爆散した箇所から漂ってくるその匂いに気がついた。

「この匂い、もしかしなくても……スレイプニル、この匂いって！」

『うむ、ソウルインクだ』

「やっぱり魔力か。幽霊なんて言ってるけどコイツら身体が霧状の魔力で出来てる何かじゃねーか」

『それも唯(ただ)の魔力ではない。随分と混じり物の多い奇怪で不純なソウルインクだ』

「ソウルインクなのに純度低いとかそれだけで軽く矛盾してるだろ！」

『事実を述べたまでだ』

　スレイプニルと言葉を交わしながらも、レイは幽霊に魔力弾を撃ち続ける。

　撃ち抜かれて、霧散して消えていく幽霊達。その消えた跡から、何やら小さな光が空へと消えていく瞬間をスレイプニルは見逃さなかった。

（この光は……もしや）

「クッソ、コイツら後何体いんだよ！　ボーツ並のしつこさだぞ！」

　撃っても撃っても出てくる幽霊に、レイは少し余裕をなくしていた。後から後からレイを狙ってくる幽霊達。最小の消耗で魔力弾を作り反撃をするレイ。スレイプニルの武闘王波で魔力総量も強化されているとは言え、このままでは状況が改善する見込みもない。

　するとその時、街中の方からカランカランと鐘の音が鳴り響いてきた。

　教会に備えられた巨大な鐘の音ではなく、人が手に持って鳴らすカウベルのような音だ。

「誰だよこんな状況で呑気(のんき)に楽器鳴らしてんのは！」

『待てレイ、何か様子がおかしい』

　スレイプニルに指摘されて周りを見回すレイ。

　鐘の音が聞こえたと同時に、幽霊達が攻撃の手を止めて街の方角を眺め始めていた。

　いや、それも奇怪だが自分以外に人間の気配を感じないこの状況で聞こえてくる鐘の音にも疑問が生まれる。カランカランともう一度鐘の音が鳴り響くと、幽霊達はそれに従うように街の中へと一斉に移動し始めた。

「マズい、アイツら街の中に入る気だ」

『追うぞレイ』

「言われなくても！」

空を浮遊しながら鐘の音が鳴った街中へと進む幽霊。レイは走りながら追いかける。

「クッソ、幽霊のくせして足速えーんだよ！」

『レイ、幽霊に足は無いぞ』

「比喩表現だ比喩表現！」

気が付けば街道を走り始めていたレイ。

上を飛ぶ幽霊から目を離さないようにしていると、自然と空の様子が映り込んできた。

「なぁスレイプニル……なんか幽霊の数多くね？」

『我々が来た浜辺以外からも来ているようだな』

追いかけている幽霊とは別に海のある方角からやって来て、バミューダの空を散り散りに飛ぶ幽霊達の姿。

どうやらレイが応戦した場所以外からも出現して、街に侵入したようだ。

「知らなかったなぁ、幽霊って海に巣作りするんだ〜」

『そんな訳なかろう。だが、それに類する何かは在るであろうな』

「どの道この量じゃあ俺一人で対処しきれねー！」

街の中に進む程に粘り気すら感じる霧が出てくるが、今は気にせず走り抜ける。

レイは幽霊を追う足を止めることなく、グリモリーダーの十字架を操作する。

「アリス！　聞こえるか！」

宿にいるであろうアリス達に通信を繋げるレイ。

返事は一秒も待たずにきた。静かながら若干の怒気を含んではいたが。

『レイ、今どこにいるの？』

「お説教は後にしてくれ、緊急事態だ！」

『緊急事態ならこちらもですわ！』

グリモリーダーの向こう側からマリーの叫び声が聞こえる。

「何かあったのか？」

『鐘の音が聞こえたと思ったら、宿の人達がみんな急に倒れたのです！　宿の中だけではありませんわ。外にも倒れている人が何人も見えます』

慌て声で状況を伝えるマリー。そう言われてレイは改めて街道の中に目線を向けてみると、確かに何人かの人が不自然に行き倒れている。

「なぁスレイプニル、あれ全員生きてるよな？」

『生命の気配は感じる。大丈夫だ生きている』

スレイプニルの言葉に一先ず胸をなでおろすレイ。

だが安心してはいられない。

「けどこの様子じゃ、街中こんな感じなんじゃねーの？」

『多分正解。霧の中に幻覚魔法が混じってる』

「分かるのかアリス」

『一つは催眠、もう一つは微弱だけど記憶消去』

「記憶消去って……お前ら大丈夫なのか？」

『お恥ずかしながら、アリスさんに解除魔法をかけて頂かなければ、わたくしも危なかったですわ』

「それフツーにピンチじゃねーか」

アリスはロキと契約していたおかげで無事だったのだろう。

同じ系統の魔法を使うロキは幻覚等への耐性がある。それが契約者のアリスにも影響したのだろう。

『簡単な術式だったから解除も簡単。ついでに抗体もかけといた』

「そりゃナイスプレーだな」

『レイの方は？』

「さっきも言ったけど緊急事態。本当に幽霊出やがった！」

グリモリーダーの向こうから驚き声が聞こえてくる。

どうやら三人とも変身はしていないようだ（アリスは解除と抗体の魔法をかけた後に一旦解除したと思われる）。

『……本当にでたの？』

「変身して見ればお空が地獄絵図だよ！」

上を見上げれば変わらず飛翔している幽霊の大群。

そのまま視線を下に降ろしてみる。レイの視界に映ったのは異形の幽霊が街を徘徊する恐怖の図。空を飛ぶ幽霊とは別に地上をフワフワと移動する幽霊もいるようだ。

「悪い、地上も大概だった」

『幽霊だらけ？』

「その通り。しかも性格は攻撃的ときた」

『それは、友好的解決とはいかなそうですわね』

レイはコンパスブラスターの銃口を目の前の幽霊に構え、引き金を引く。

着弾した幽霊は爆散したが、銃声に気が付いた幽霊がレイに狙いを定め始めた。

「とりあえず俺は宿の方に向かう。その間アリス達は倒れた人の介抱をしてくれ」

『りょーかい。マリー、オリーブ手伝って』

『はい。わたくしに出来ることでしたら』

「頼む。俺もすぐにそっちに行く」

アリス達が各々行動に出始めたのか、通信が切れた。

だがこれで目の前の敵に集中できると、レイは冷静に魔力弾を生成していく。

走りながら、すれ違いざまに幽霊を銃撃していくレイ。

次々に撃ち抜かれた幽霊が爆発霧散していくなか、レイはアリス達がいる宿屋に向かって進み続ける。

「どんだけいんだよ！　全員まとめて墓に帰れ！」

思いの外数の多い地上の幽霊を撃破しながら駆け抜ける。

するとまた何処かからカランカランと鐘の音が街に鳴り響いた。

先程と同じように鐘の音に合わせて動きを変化させる幽霊達。

レイに攻撃を仕掛ける幽霊の数は減ったが、何体かの幽霊が逃げたとも言える。

レイは一先ず目の前の幽霊を撃ち抜いて、更に街の奥へと駆け出す。

「またこの音か」

『敵が音に合わせて動きを変えている以上、何かしらの関係が有るのは間違いないな』

「じゃあ後でソレも見つけ出す！」

街道を徘徊する幽霊に足止めを喰らいながらも、魔力弾で撃破していくレイ。

すれ違っていくのは徘徊する幽霊と昏睡している人々と魔獣ばかり。

どうやら幽霊以外は軒並み気絶させられているようだ。

いや、例外もある。

魔装を身に纏っているレイや抗体を得ているアリス達。

そしてレイの視界に入ってくる千鳥足の老人だ。

「ウィ～……ヒック……」

ヨロヨロとおぼつかない足取りで歩いてくる老人。

どう見ても幽霊が徘徊している現状を認知できているとは言い難い様子だ。

『生身の人間でも影響を受けない場合がある、か』

「そういう話は後だ！　おい爺さん、そこは危ねーぞ！」

レイが老人に叫ぶのも無理は無かった。

変身しているレイの視界には、今にも老人に狙いを定めようと近づく幽霊の姿がはっきりと映っている。

既に老人の背後では、幽霊が大鎌を振り下ろす手前まで来ていた。

「あぁもう！」

瞬時に念動操作の術式を組み込んだ魔力弾を生成して、レイはコンパスブラスターからそれを放つ。

レイのイメージによって操作された魔力弾は、曲線を描いて老人を回避し、背後の幽霊を貫いた。霧散する幽霊。レイの銃撃によって、何体かの幽霊は標的をレイに定めた。

「なんじゃ～、敵艦からの砲撃かぁ～？」

「味方からの援護射撃だクソ酔っ払い！」

このままではラチが明かない。そう考えたレイは老人を引きずってでも避難させる為に近づこうとするが、幽霊が大鎌を振り回してその行手を阻む。

「邪魔なんだよ！」

目の前の幽霊達の攻撃を回避しつつ、レイはコンパスブラスターで正確に銃撃していく。

一体、二体、三体……次々に仕掛けてくる幽霊を撃破していくが、倒せば倒しただけ幽霊はレイの周りに集まってくる。

『レイ、後ろだ』

「どらぁッ！」

スレイプニルのサポートによって自身は無傷だが、レイはその場から碌に進むことが出来なくなっていた。

酔っ払いの老人は幽霊が見えていないからか、レイの様子を不思議そうに見ている。

その時であった。老人の背後で、一体の幽霊が大鎌を振り上げ始めていた。

「爺さん！　逃げろ！」

必死に叫ぶレイ。

だがその叫びも虚しく、幽霊の大鎌は勢いよく振り下ろされて、老人の身体を斬り裂いた。

一連の光景がスローモーションでレイの脳に入り込んでくる。

一通りの理解が進んだ瞬間、レイは幽霊に向かって高出力の魔力弾を炸裂させて強引に突破口を開いた。周辺の道路が砕けるが気にしている余裕は無かった。

石畳に倒れ込む老人にレイは駆け寄る。大鎌で斬られたように見えたが、奇妙なことに老人の身体からは血の一滴も垂れていなかった。

「おい爺さん、生きてるか!?　おい！」

　レイが老人に声をかけるが、返事どころか呼吸も心音も聞こえてこない。

『ダメだレイ、この肉体は既に空だ。もう死んでいる』

　スレイプニルの断言によって、老人の死を理解してしまったレイ。

　老人の身体をそっと石畳の上に寝かせると、レイは無言で立ち上がって頭上を飛ぶ幽霊を睨みつけた。

　大鎌の先に青白い光球をくっ付けて、ケタケタと笑う幽霊。

　その小さな光球を見たスレイプニルはある一つの確信を得た。

（やはりあの光は……間違いない）

　スレイプニルがある種の焦りを覚えている一方で、レイの頭の中は驚くほどにスッキリとしていた。身体の中で血の流れが急加速するのを感じるが、レイは落ち着いて必要な術式を組み上げる。

　愉快そうに空中をくるくる回る幽霊に無言でコンパスブラスターの銃口を向け、そして……弾ッ！　放たれた魔力弾は空中で戯れる幽霊の腕を貫通し、引き裂いた。

「安心して成仏できると思うなよ」

　腕が消失した事で動揺したのか、幽霊は空中でグネグネともがき苦しむ。

　静謐に冷徹に、レイの頭に怒りが込みあがってくる。

　レイが追撃の引き金を引こうとした瞬間、スレイプニルがそれを制止した。

『待てレイ、威力を弱めろ』

「珍しいな、嬲り殺し肯定か？」

『違う。あの幽霊が持つ鎌の先を見ろ』

言われてレイはもがく幽霊の鎌を注視する。

「なんか光ってるのついてるな」

『魂だ』

「はぁ!?　魂って霊体の一部だぞ、目視なんて――」

『恐らくはあの幽霊の影響だろうな。そもそも通常の肉眼で視認できなかった者達だ、霊体に干渉する何らかの術を持っていると見て正解であろう』

「マジかよ……」

『気をつけろレイ。もしもあの魂を傷つければ、取り返しがつかなくなるぞ』

暗に死ぬぞと告げられて、レイは緊張で気が引き締まる。コンパスブラスターの銃口は幽霊に向けられたまま。今までに爆散した幽霊の状況と使用してきた魔力弾から、レイは適切な出力を瞬時に算出した。

（出力調節……念動操作……軌道変化……）

必要な術式を組み込んで、細心の注意を払いながら魔力弾を生成する。

一歩間違えれば後は無い。

胃に重さを感じながらも、レイはコンパスブラスターの引き金を二回引いた。

一発目の魔力弾が幽霊が手に持っていた大鎌の柄を粉砕する。魂が引っ付いた鎌部分が落下し始めた次の瞬間、二発目の魔力弾が幽霊の身体に着弾、爆発。

小規模な魔力(インク)の爆破だったが、幽霊の身体に致命傷を与えるには十分な威力であった。

もちろん、先の攻撃で逃がしてあった魂に影響は無い。

「よっしゃあ！っと、魂の方は？」

落下しつつ消えゆく鎌から、青白く光る魂が解放されていく光景が見える。フワフワと波線の様な軌道を描きながら、魂はゆっくりと老人の身体に入り込んでいった。

数秒の後、倒れている老人から呼吸と心音が聞こえてきた。

「もう、大丈夫だよな？」

『大丈夫だ。正しく生命の反応を感じる』

とりあえずは一安心するレイ。だが一息つく余裕は与えられなかった。

風を切り裂く音と共に襲い掛かる幽霊の大鎌。レイ達を狙う幽霊はまだ他にもいるのだ。

「あぁもう、少しくらい余韻に浸らせろよな」

レイは足元で気絶している老人を左手で抱きかかえて、幽霊達から逃げ始める。

幽霊が再びこの老人を狙う可能性は十分に考えられる。ならば一先(ひとま)ずは彼を安全な場所まで逃がさなくてはならない。

レイは追ってくる幽霊をコンパスブラスターで撃ち落としながら街道を駆け抜けた。

『どうする気だ、レイ』

「とりあえずアリス達がいる宿屋まで行く。俺一人じゃ全部対処しきれねぇ！」

『賢明な判断だ』

「そりゃどーも」

老人一人を抱えながらの状態では満足に戦闘は出来ない。

幽霊に向かって魔力弾を撃つが、足止め以上の成果は挙げられない。

催眠魔法が含まれた霧も少し強くなってきた。後ろから追ってくる幽霊だけではなく、眼の前で道を塞ごうとする幽霊も撃ち抜いていくレイ。

そんな中、レイはある事に気が付いた。空を徘徊していた何体かの幽霊が民家の窓に近づいて行くのだが、その悉くがすんでのところで踵を返していくのだ。

（変だな、壁の一つくらいならすり抜け出来そうなのに）

再び幽霊に囲まれたので魔力弾を連射して撃破するレイ。周囲を警戒しつつ、民家の様子に目を向ける。やはり幽霊は例外なく、建物に近づいた瞬間踵を返した。

そしてレイは、先程聞いたメアリーの言葉を思い出した。

「お外にいたら捕まる……なる程な、詳しい条件は分からないけど屋内は安全っぽいな」

『その様だな』

「つまり宿屋に行く前にこの爺さんを適当な建物に放り込んでも良いわけだ」

『そうだな。ただしそれは、この幽霊軍団の隙を衝くことができればの話だがな』

周りを見回せば、おびただしい数の幽霊がレイ達を取り囲んでいた。

屋内が安全（？）とは言え、扉を開けて閉めるまでの間も安全とは限らない。

老人を途中で逃がそうが逃がすまいが、どの道この幽霊軍団を突破しなくてはならなくなった。それも抱えている老人を守りながらだ。

「これは……ちょっとどころでなく、マズいかもな」

それなりに無茶な事をしなくてはならないかもしれない。

レイが覚悟を決めようとした次の瞬間、二発の銃声が街道に鳴り響くと同時に、近くにいた二体の幽霊が爆発霧散していった。

『この銃撃は……』

レイは銃声が聞こえた方向に目を向ける。

そこに居たのは赤と黒、二挺(ちょう)の銃型魔武具(まぶんぐ)を構えた栗(くり)色の髪をした少女であった。

「なかなか来て下さらないから、お迎えにあがりましたわ。レイさん」

「マリー！」

両手に持った銃を優雅にホルダーへと仕舞うマリー。

レイは彼女たちの突然の登場に驚くばかりであった。

「お前幽霊見えてんのか!?」

「残念ながらノーですわ。見えているのはわたくしではなくて契約魔獣のケートスですわ」

そう言ってマリーは青色の獣魂栞(ソウルマーク)を取り出す。

どうやら獣魂栞越しに幽霊を視認したケートスに位置を教えてもらったようだ。

「レイが遅いから、また何処かで人助けをしてるのかと思ったけど、やっぱり」

「アリスまで……宿の方はどうしたんだよ」

「大丈夫です。アリスさんが宿の人達全員に治療魔法をかけてきましたわ」

「目を覚ますのも時間の問題。屋内は安全みたいだから、アリス達も外に出て来た」

「二人とも……」

アリスは安堵しているレイに近づいて、その腕にそっと手を添える。

「ここはアリス達に任せて、レイはそのお爺さんを宿に」

「わかった、俺もすぐに戻ってくる」

レイはその場を二人に託して、一目散に宿屋へと向かって駆け出した。

「さて、じゃあアリス達は」

「幽霊退治ですわ！　撃ちまくってやりますわ！」

「……程々にね」

瞳に炎を宿して気を引き締めるマリー。

変わらず眠そうなジト目をキープしているアリス。

二人はそれぞれ、腰のホルダーからグリモリーダーを取り出し、もう片手に獣魂栞を握りしめた。

「アリスさん、いきますわよ」

「りょーかい」

獣魂栞に向けて呪文を唱える。

「Ｃｏｄｅ：ブルー」

「Ｃｏｄｅ：ミント」

「「解放！」」

青とミントグリーンの魔力が滲みだした獣魂栞を、二人はそれぞれ自分のグリモリーダーに挿入する。そして十字架を操作して、最後の呪文を叫んだ。

「「クロス・モーフィング！」」

魔装変身。グリモリーダーから各自の契約魔獣が持つ色のインクが放たれる。

アリスはカーバンクルの意匠がある魔装に。そしてマリーは狼のようなデザインのフルフェイスメットと長袖のローブが特徴的な魔装に身を包んだ。

変身を完了した二人は、魔力によって形成された仮面越しに夜の街道を目視する。

「本当に絵に描いたような幽霊ですわ。これは少々変身したのを後悔せざるを得ません」

変身時に発生する強力な魔力に反応したのか、幽霊達は一斉に二人に狙いを定める。

アリスとマリーは各々の獲物を手にして、すぐさま臨戦態勢へと入った。

「さぁアリスさん、行きますわよ」

「お仕事、タイム」

夜のバミューダシティで、二人の少女操獣者と幽霊軍団の戦闘が始まろうとした……その矢先であった。

「うふ……うふふ」

マリーは不気味な声を漏らしながら、銃型魔武具の照準を幽霊に合わせた。

「幽霊は、撃ってもよろしい敵ですわよね!?」

そう言うとマリーは一切の躊躇いなく、銃の引き金を引いた。

青色の魔力弾が、容赦なく幽霊を貫き霧散させる。

マリーという脅威を前にした幽霊達は、大鎌を構えて次々に襲い掛かる。

しかしマリーには、止まった的と同じに見えた。

「遅すぎてあくびが出そうですわぁぁ！」

襲い掛かる幽霊にマリーは右手に持った黒い銃の引き金を引く。

「撃ち抜きなさい、クーゲル！」

放たれた魔力弾を喰らって、無残にも爆散する幽霊。

当然だが、これで全てを倒せる訳ではない。

追撃してくる幽霊に向かって、今度は左手に持った赤い銃の引き金をマリーは引いた。

「続いて、シュライバー！」

間髪を容れず放たれた魔力弾が追撃する幽霊を撃ち落とす。

その間にマリーは並列思考を行って、もう片方の銃に魔力弾を込める。

どこかボールペンを想起させる造形を持つ二挺の銃。これがマリーのメイン武器、【黒銃】クーゲルと【赤銃】シュライバー。二つで一つの姉妹銃である。

弾込めを終えた方で銃撃している間に、もう片方に弾込めを行う。

こうして隙を作らないように、マリーは襲い掛かる幽霊を次々に撃ち落としていった。

「あぁ！　これこれ、これですわ！　わたくしの弾丸で貫かれる敵を見届ける快感！　これに勝るものなんてありませんわー！」

仮面の下で恍惚とした表情を浮かべながら、マリーは幽霊を嬉々として撃ち抜き続ける。

そんなマリーを目撃して、アリスは小さく溜息をついた。

「暴走モード。やっぱり入ってる」

幽霊を容赦なく撃ち抜いていくマリー。アリスも負けじとナイフに魔力を纏わせて、幽霊に投擲していく。

しかし、幽霊の数は中々減らない。減れば減っただけ追加が現れる。

マリーはむしろ、増えた的を喜んで撃ち続けた。

「もっと！　もっと撃たせてくださいまし！　もっとわたくしにターゲットを！」

そんなマリーの後ろから、大鎌を振りかざす幽霊が一体。

マリーはすぐに気づいた。

「背後からレディに襲い掛かるなんて、おイタが過ぎましてよ！　無粋な幽霊さん！」

振り向き、背後にいた幽霊を撃ち抜く。

その直後の刹那であった。マリーの気が一瞬だけ緩んでしまった。

その為に、背後に近づいた一体の幽霊に気づく事が遅れてしまったのだ。

「ッ!?」

マリーはすぐに銃撃しようとするが、魔力弾のリロードが間に合わない。

幽霊は容赦なく大鎌を振り下ろそうとする……その瞬間であった。

銀色の魔力弾が、幽霊を撃ち抜いた。

「よし、間に合った」

「レイさん!」

マリーの目の前には、コンパスブラスター(銃撃形態〈ガンモード〉)を構えたレイの姿があった。

「あの爺〈じい〉さんは宿の中に放り捨てといた」

「あら、雑ですわね」

「スピード重視した結果だ、不可抗力ッと!」

話し終わる間もなく、追撃に来た幽霊を銃撃するレイ。

少し学習したのか何体かで一斉に襲い掛かって来るが、大方はレイの銃撃で、残った少数はアリスが援護で投擲したナイフによって爆散していった。

「おかえり、レイ」

「はいただいま……でアリス、状況は?」

「見ての通り」

「変わらずか」

トテトテと此方〈こちら〉に来たアリスから状況を確認するも、これと言って変化は無い。

幽霊も随分撃破したつもりだったが、レイ達には特に減っているようにも見えなかった。

「とにかく片っ端から片付けよう。じゃなきゃどうにもなんねー」

「そうですわね。まぁわたくしは撃てれば何でも良いですわぁぁぁ！」

「オイ、お前変身したら人が変わるタイプかよ!?」

「誉めても何も出ませんわぁぁぁ！　わたくしはただ、撃ち抜く快楽を貪るのみですわぁぁぁ！」

「誰だぁぁぁ！　コイツを仲間に入れた馬鹿は誰だぁぁぁ!?」

フレイアである。理解していても、レイは叫ばずにはいられなかった。

「そうですわレイさん。わたくしのターゲットを横取りしたら、脳天撃ち抜きますわよ」

「だったら俺より早く幽霊を撃ち落とせ！」

「早撃ち勝負ですわね！　燃えてきましたわぁぁぁ！」

見渡す限りには、レイ達の隙を衝かんと臨戦態勢を崩さない幽霊の大群。

特に、先程老人が魂を抜き取られた瞬間を目撃しているレイは表にこそ出さないが、少し焦りを覚えていた。

「あの鎌には気をつけろよ、アレに斬られたら魂持ってかれる」

「あら、それはジョークにもなりませんわね」

言葉を交わしながらも各々の魔武具に魔力弾を込めていたレイとマリー。

魔力弾を込め終えるとほぼ同時に、周囲で構えていた幽霊達が攻撃を再開してきた。

「っ！　言ってる傍からかよ！」

　コンパスブラスターの銃口を幽霊に向けて、狙い撃っていくレイ。

　アリスとマリーは少し離れた位置で幽霊を討伐していた。

『レイ、よそ見をしている暇は無いぞ』

「おっと、そうだな」

　マリーの実力が気になっていたレイだが、改めて幽霊との交戦を始める。

　変幻自在に軌道を変えて襲い掛かる幽霊達。だが感覚神経や反射神経が強化されている今のレイにとっては、実に遅いものであった。一体一体確実に魔力弾で撃破していくレイ。

　少し余裕ができると、レイは注意深く幽霊を観察する。

（あの幽霊の身体は霧状の魔力が集まったもの。つまりは魔力の塊で出来た人形のようなものの筈だ。それにしては……）

　何者かが魔力を編んで作った存在にしては動作が複雑すぎる。

　ボーツと異なり、この幽霊は完全に魔力だけで身体が構成されている。ならばその動きを操るのは幽霊自身ではなく、幽霊を作り出した者の筈だ。

（しかもこの数、一体の魔獣や操獣者で操れる量じゃない……いや、それ以前にこの幽霊達の動き、ある程度の自我でも持ってるみたいだ）

　法則性のある動きが基本のようだが、時折その法則を崩してくる幽霊。

　レイはその動きに妙な違和感を覚えていた。

「何か種はある筈なんだけ——どゥオ？」

顔の真横を通過してきた大鎌を間一髪で回避するレイ。幽霊の正体を推察する暇もなくなり、気が付けば自身の周囲には十を超える幽霊が構えていた。

「一体ずつ撃ってちゃあ、終わらないか」

頭の中で魔力弾の術式を瞬時に構築、コンパスブラスターに流し込む。

今まで使っていた物とは異なる術式と大量の魔力を用いて魔力弾を作り出す。

囲まれては逃げられまいとでも考えたのだろうか。幽霊は一斉にレイに襲い掛かった。

「まとめて一気にぶっ飛ばす！」

高速で術式をくみ上げ魔力弾を生成。後は機関銃の如き魔力弾の連射。身体をぐるりと回しながら放たれる魔力弾に、周囲の幽霊達は次々に撃ち抜かれていった。

その光景を見たマリーは驚いた様子で声を上げる。

「ちょ、ちょっと何ですのその連射は!?」

「固有魔法で基礎魔力上げて、連射に適した術式を組んだんだ」

「わたくしは二挺使ってようやく疑似連射だと言うのに、ズルくありませんか！」

「へーんだ！　悔しかったら俺より速く超高速並列思考やってみろってんだ」

「それは喧嘩を売ったと認識して構いませんわねぇぇぇ!?」

『レイ、あまり調子に乗るな』

スレイプニルに諫められて少し冷静になるレイ。

銃撃手としてのプライドに触れたのか、マリーはどうにかしてレイを驚かせたいと考えていた。そしてすぐに、ある事を閃いた。

「いい事思いつきましたわ」

クーゲルとシュライバーの銃口を空中に向けるマリー。

「固有魔法【水球設置】、起動」

マリーの契約魔獣ケートスの固有魔法が起動して、クーゲルとシュライバーにその力が装塡されていく。

「魔水球、シュート！」

マリーがクーゲルとシュライバーの引き金を引くと、先程まで撃たれていた魔力弾ではなく、青色の魔力に包まれた小さな球体が勢いよく射出された。

弾道上の幽霊を数体巻き込みながら、球体は空中で特殊な水の塊である魔水球となって静止した。それも一つだけでは終わらない、マリーは二挺の魔武具を駆使してあちらこちらに魔水球を設置していった。

あからさまに怪しい魔水球を前に、流石の幽霊も近づこうとはしない。

魔水球を避けながら、空中にいた幽霊はマリーに襲い掛かり始めた。

だがそんな事はマリーにとって想定内。

「ごめんあそばせ幽霊さん。既にわたくしの射程範囲ですわぁぁぁ！」

マリーがそう言うと、空中で静止していた魔水球が一斉に破裂し始めた。

「ヴァッサー・パイチェ、全方位射出ですわ」

魔水球から高速で放たれたのは魔力で出来た水の鞭。

蛇の如き変則的な軌道を描いて幽霊達の身体を切り裂いていく。

「まだまだ行きますわよ！」

念動操作を組み込んであるので、マリーの思念に合わせて水の鞭は最寄りの幽霊へと狙いを変えて攻撃する。それも、幾つも設置された魔水球から放たれる鞭全てを駆使して幽霊を撃破していく。ケートスのサポートのおかげでマリーの限界を超えた数の魔水球を操作できているのだ。

気づけば街道の上を飛んでいた幽霊の三分の一が、マリーの魔法によって撃破されてしまった。レイはその様子を呆然と見つめる。

「ふふ、いかがですか？」

「スゲぇ……」

誇らしげな様子で問いかけてくるマリーに、レイはただ静かにそう答える他なかった。

というか下手な事を言ってこじれさせたくなかった。

だがそれでも、まだ幽霊が全て撃破出来た訳ではない。

数は減ったがまだまだ攻撃の意志を向ける幽霊は多くいる。

レイ達はそれを撃破していくが、一向に終わる気配が見えてこない。

「くっそ、こいつら何体いるんだよ！」

「キリがない」

「さぁな……ところでアリス」

「なに？」

「なんかお前だけ幽霊に襲われてない気がするんだけど」

「……うん。幽霊の好みじゃないのかな？」

「好みで襲う対象選んでんのかよ、この幽霊どもは！」

色欲の罪で地獄に堕ちてしまえとレイは内心悪態をつくが、口に出す余裕はない。

レイは魔力弾の連射で、マリーは魔水球を駆使して少しでも多くの幽霊を撃破するように戦う。なぜか変わらず幽霊の標的にならないアリスも、ナイフを駆使して幽霊を各個撃破していく。

「チクショー、ちょこまか動きやがって！　もう少しじっとしやがれ！」

「じゃあ、止めてみるね」

「は？」

そう言うとアリスは右手にミントグリーンの魔力を集め始めた。

「広域散布型、コンフュージョン・カーテン」

アリスの右手に集まっていた魔力が霧状になって街道全体に散布される。

停止の幻覚を含んだ霧を浴びた幽霊達は瞬く間にその動きを止めてしまった。

「止まったよ、レイ」

「ナイスだアリス！」

　空中で硬直している幽霊に向けて、レイは片っ端からコンパスブラスターで銃撃していく。マリーもこのチャンスを逃がさんと、次々に攻撃を加えていく。

　そこでふと、マリーがある疑問を口にした。

「あの……アリスさんの魔法、わたくし達も浴びているのですが」

「大丈夫だ、どーせ俺達には影響が出ないように上手く術式を組んでる」

「うん。アリスそういうのは得意だから」

　なるほどとマリーは納得する。確かにこれだけ広範囲に散布された幻覚魔法だと言うのに、自分達だけはこれと言って影響が出ていない。攻撃の手は緩めず、幽霊の動きが止まったこの瞬間を使って、レイ達は少し呼吸を整えた。

「けど、アリスもよく思い付いたな」

「うん。魔力攻撃が効くなら、こういう幻覚魔法も効くかなって思って」

『なる程。魔力の集合体であるが故に、威力の弱い幻覚魔法でも尋常ならざる速さで身体に浸透していったという訳か』

　身体の自由を奪われた幽霊を三人がかりで掃討。街道から幽霊の姿は消えて無くなった。

　だがその矢先、またもや街中を『カランカラン』と鐘の音が鳴り響く。

「鐘の音？　でも何処から……」

「教会の鐘ではありませんわね」

奇妙な鐘の音にキョロキョロするレイとマリー。

だが先程の幽霊の事もあって、嫌な予感がしたレイはすぐに視線を空に向けた。

「嘘だろ、オイ……」

レイに釣られて空を見たマリーも、その光景に唖然となる。

バミューダシティの空が無数の幽霊で覆われていたのだ。

「スレイプニル……あれ全部海から来てるよな」

『恐らくな』

「待ってください、アレ全部倒さないといけませんの!? いくら何でもこの数を相手にするのは無理がありますわ！」

膨大過ぎる幽霊の数を目の当たりにして、マリーは悲鳴のような声を上げる。

「けど相手しないと不味いだろ」

「限度がありますわ！ 魔水球の罠を設置し回っても、こんな数は捌ききれません」

「アリスの魔法も、さっきのが一番広範囲」

「三人で手分けしても難しそうですね」

歯を食いしばって首の裏を掻くレイ。

思考をフル稼働させて最適解を導こうとするが、中々上手くいかない。

「街中の幽霊をなんとかして、更に鐘の音の元を調べる……か」

「鐘の音ですか？」

「幽霊があの鐘の音に反応して動きを変えてたんだよ。何かしら関係がある筈だ」

『微弱だが音の中に魔力を感じる。何かしらの因果はあるだろうな』

　ともすれば事件の元凶の可能性すらあると言われて、一同の間で緊張が走る。

　両者共に優先して解決すべき事項であるとは皆分かりはしたのだが……

「でも、二つ同時は難しい。鐘の音を優先すれば幽霊が街中に行っちゃう」

「幽霊を優先すれば、今度は鐘の音を調べる余裕が無くなります。仮に幽霊を素早く対処しようとしても、街中の幽霊を一気に止めようとするなら、それこそ街全体を攻撃する手段でも持っていない限り不可能ですわ」

　そう上手くはいかない、完全に取得選択を迫られてしまった。

　どちらを優先した行動をすべきか、レイは頭の中で必死に思案する。

「街の広さに対して、わたくし達では小さすぎますわ」

　それは、マリーが発した何気ない一言であった。

　その一言を聞いた瞬間、レイの中で何かが閃きそうになった。

「マリー、今何て？」

「え？　街の広さに対して、わたくし達では小さすぎ」

「それだ！」

　思わず声を張り上げてしまったレイに、ビクッと驚くマリー。

「なぁアリス、コンフュージョン・カーテンはロキも使えるのか？」

「うん、使える……あ、そういう事」

『キュッキュイ！』

レイの質問を聞いて、アリスはすぐにその意図に気が付いた。ロキも獣魂栞から字面だけは可愛い返答をする。

「俺の記憶が合ってれば、ロキって飛べたよな？」

「うん、飛べる」

「もぉぉぉ！　御二人だけで話を進めないでくださいまし！　撃ちますわよ！」

「おっと、悪い悪い」

「レイ君、どうするんですか？」

堪りかねたマリーのお怒りで、レイは自身が閃いた作戦を話し始めた。

「簡単な話だ。小さくてどうにもならないんだったら、大きくなればいい」

「……あっ、なるほど。鎧装獣になるという事ですか」

「アリスとロキがやる。空から街へコンフュージョン・カーテンを散布すれば、街中の幽霊の動きを止められるはず」

「で、俺とマリーはその間に鐘の音の発生源を調べるって訳だ」

幸いアリスの幻覚魔法は、発動者であるアリス自身が解除しない限り数時間にわたって有効となる。仮に鐘の音から何も見つからなくても、すぐに街中の幽霊を撃破しに行けば数時間で済む。

ならばすぐに行動開始だ。

「いくよ、ロキ」

アリスはグリモリーダーを取り出し十字架を操作した。

『キュイキュイ！』

「融合召喚、カーバンクル」

グリモリーダーからインクが放たれて巨大な魔法陣を描き出す。

それと同時に、ロキの魔力(インク)とアリスの肉体が急激に混ぜ合わさっていく。混ざれば混ざる程に、魔法陣から溢(あふ)れ出たエネルギーが巨大なウサギのような像を紡ぎ始めた。

『キュウウウウウウウウウウウウ、イイイイイイイイイイイイ！』

魔法陣が消え、ミントグリーンのシルエットと化していた像から光が弾(はじ)け飛ぶ。その下にはアリスの姿は無く、在ったのは全身が機械のように金属化したロキの姿であった。

「キュイッ！　キュイッ！」

『久しぶりだけど、上手くいったね』

これが操獣者と魔獣が融合した姿【鎧装獣】である。

今までアリスに抱きかかえられていた小さな魔獣の面影は殆(ほとん)ど無くなっていた。

残っているのはミントグリーンの体色とウサギの様なシルエットくらい。

十数メートルはあろうかという巨体を、ロキは両の耳を翼代わりにして見事に飛ばして、レイ達の近くに戻ってきた。

「キューキュイ！」

「おー、デカくなったな」

『アリスとロキは幽霊を止めに行くね』

「おう、頼んだ」

肉体の主導権がアリスからロキに変わっているので、巨大化したロキからアリスの声が聞こえるのが奇妙に感じるレイ。

ロキは両耳を大きく広げながら再びバミューダの空に舞い上がる。

『超拡散型、コンフュージョン・カーテン』

「キュゥゥゥイ！」

鎧装獣となったロキが咆哮を上げると、広げた両耳の裏側に眼の様な紋様が出現する。

そしてそこを中心として、アリスとロキは幻覚魔法を含んだ魔力を集めていく。

ある程度集まった後、ロキはバミューダの空を飛行しながら、両耳に集めた魔力を一気に霧状にして散布し始めた。

レイ達はロキの姿が見えなくなるまで、その様子を地上から見届けた。

カランカランと鐘の音は未だ鳴り続けている。当然幽霊もその音に合わせて動きを変え続ける。

「俺達も行こう」

「そうですわね」

武闘王波で強化された聴力で、レイは鐘の音が聞こえて来る方角を探り出す。

「こっちか！」

レイとマリーは道中で静止している幽霊を撃破しつつ、鐘の音が鳴る場所へと急行した。

ミントグリーンの霧が降り注ぐ街道をレイ達は走り抜ける。

カラン、カラン。

「ッ！　こっちか」

強化された聴力を活用して、レイは鐘の音の出処を割り出していく。

その道中、アリスが散布した魔法の影響で静止している幽霊を撃ち落としていくが、やはり数が多い。アリスのおかげで攻撃してこないとはいえ、流石にこうも湧いて出て来ては堪ったものではない。

コンパスブラスターで幽霊を撃ち落としながらも、足を止めないレイ。攻撃を回避する必要が無い分余裕が出来たので、レイは少しばかり幽霊達を観察してみる。

「（ん？……あの光って……）」

霧散して消えていく幽霊の身体から天へと昇っていく、小さく淡い光の玉。

それは先程、スレイプニルの教授で知った魂の光であった。

幽霊なのだから、彷徨う死者の魂が中に入っていても不思議に思う者は少ないだろう。

だがレイは、何か言い知れぬ違和感を覚えていた。

（霊体……魂……肉体……何か引っかかる）

『気をつけろレイ、音が近くなってきたぞ』

スレイプニルの言う通り、既に鐘の音は大きく聞こえるようになっており、武闘王波による強化を使わなくても何か異質な力を感じ取れるまでになっていた。

「なんだか、少しピリピリした感じがしますわ。確実に何かありますわね」

『そうであろうな。我が海中で感じ取った力と同じものを感じる』

「てことは大当たりか。なら話は早い、速攻で犯人をぶっ飛ばす！」

（だが、何だこの気配は……人間でも魔獣でも、操獣者でもない。もっと邪悪な何かが混ぜ合わさっているような……）

徐々に濃くなっていく奇妙な気配に、スレイプニルは強い警戒を抱く。それに伴うかのように、街道に溜まる幽霊の数も増えていた。それはまるで、その先にある何かに近づけないようにしているとも捉えられる光景だった。

「なんと言いますか、あからさまとでも言うべきなのでしょうか」

「誘導されてるみたいで少し腹が立つな」

だが敵の方から案内してくれるのであれば、それに乗ってやるまでの事。

レイ達は迷う事なく、街の中を突き進んだ。

やがて、気がつけば二人は広場の入り口近くまで来ていた。見上げてみれば空に蓋をするように密集している幽霊の大群。近く大きく聞こえる鐘の音に、肌を冷たく撫でる魔力の気配。

「こりゃ犯人とご対面ってやつかな？　あっさり過ぎて少し拍子抜けな気もするけど」

『レイ、十分に警戒するのだぞ』

了解と軽く返事をして、レイは広場に足を踏み入れる。

広場はだだっ広く、人や獣の姿は見えない。

後ろからついてきたマリーも広場を見渡すが、あるのは中央に佇む噴水くらいだ。

いや、噴水の向こう側、レイ達の死角から何かが聞こえてくる。

ズルリズルリと何か大きなものが這い進んでいるような音だ。

何かいる。レイとマリーが一斉に魔武具を構えた次の瞬間。

『ッ！　レイ、正面からくるぞ！』

スレイプニルの叫びを聞いたレイは咄嗟にコンパスブラスターを剣撃形態にして防御態勢をとった。すると正面に在った噴水が轟音と共に突然砕け散り、その向こう側から巨大な魔力弾がレイ達に襲いかかってきた。

「マリー！」

「言われなくてもですわ！」

レイが声をかけるよりも早く、マリーは水の防御壁を生成。

それから一秒もしないうちに、巨大な魔力弾はレイ達に着弾。

けたたましい音を立てながら爆発し、レイ達がいた場所の地面を派手に砕いた。

視界を遮る程の砂埃が辺り一面に舞い上がる。

「ゲホッゲホッ、大丈夫か？」

「問題ありません。見た目ほど貫通力は無かったようですわね」

『おそらく、わざと加減したのだろうな』

「手ぇ抜いてご挨拶ってか？　舐めた事してくれるじゃねーか」

ゆったりとこちらに近づいてくる敵の音が更に腹立たしさを際立たせる。

苛立ち任せに、レイはコンパスブラスターを大きく薙いで砂埃を吹き飛ばした。

さぁ犯人の面を拝んでやろうか。そう思って顔を上げた瞬間、レイはソレの姿を見て身体の動きが止まってしまった。マリーも同じだった。ソレの姿があまりにも常識から外れきっていた故、すぐに理解できなかったのだ。

「ひぃ、ふぅ……二人？　あぁ、もう一人は鎧装獣となって空に行ったか」

ソレは淡々とレイ達の人数を数える。

我に返ったレイは、ふとメアリーが言っていた言葉を思い出していた。

――ヘビと人間を、もっとグチャグチャに混ぜた、感じ？――

今なら分かる、メアリーの表現は何一つ間違っていなかったと。

ソレの下半身は白く大きな蛇の身体であった。

ソレの上半身は白い鱗が生え、ずんぐりとした人間の胴体に蛇の頭がくっついていた。

ソレの外見は蛇と人間が完全に混ぜ合わさっている、おぞましい怪物であった。

魔獣ではない、人でもない、ましてや操獣者でもない。ソレは異形としか形容できない存在だった。

　レイはコンパスブラスターを握る手に力を込める。コイツは不味い、コイツは危険過ぎる。目の前の異形に、レイの本能が危険信号を鳴らしていたのだ。

「まぁ良い。小賢しい霧を撒いている者は後で片付けるとして、今は目の前の羽虫に集中しなくてはなぁ」

「テメェ……何者だ」

「ふむ、奇妙な事を聞くものだな。見ての通りだが」

「あーそうかい、グチャグチャモンスター。お前が幽霊ばら撒いた犯人でいいのか？」

「酷い言われようだな、若者ならもう少し綺麗な言葉を使っては」

　異形が言葉を言い終えるより早く、レイはコンパスブラスターの斬撃を放った。高速で飛来していく斬撃。だがそれは異形の身体を斬りつけるより早く、異形の下半身……巨大な蛇の尾で弾き飛ばされてしまった。無言で睨み合うレイと異形。

「こっちの質問に答えろ」

「やれやれ、堪え性の無い童だ。この幽霊共を解き放った者を知りたいのだったな？　それなら私だな」

　悪びれる様子など微塵もなく、異形はあっさりと自分が犯人だと認めてしまった。

　それならば話は早いと、レイ達は改めて各々の魔武具を構える。

「つまりお前が全ての元凶で、とっ捕まえるべき敵ってわけだな」

「そうだな……だがそれは私にとっても同じだ。私の崇高な使命の邪魔をしたお前達は、殺すべき私の敵という事だ！」

瞬間、爆風の如く異形から溢れ出た殺気が辺りを被いつくす。

凄まじい殺気に圧倒されそうになるが、レイ達は何とか正気を保っていた。

「ふん！」

異形が腕を大きく振るうと、強烈な風が巻き起こった。その風は辺りの空気を巻き込み、アリスがばら撒いていた魔法を含んだ霧を瞬く間にかき消した。

仕掛けてくる。

アリスの霧による拘束から抜け出した幽霊と、殺気を止めない異形がレイ達に狙いを定める。異形が手に持った鐘をカランカランと鳴らすと、周囲の幽霊は一斉にレイ達に襲い掛かり始めた。

「形態変化、コンパスブラスター棒術形態！」

レイは棒術形態にしたコンパスブラスターに魔力を纏わせて身構える。

迫り来る幽霊をギリギリまで引き寄せ、そして……

「どらァァァァァァァァ！」

武闘王波で強化された腕力を用いて、コンパスブラスターを豪快に薙ぎ払う。

強力な攻撃用魔力を帯びた一閃を受けた幽霊達は、次々に爆発霧散していった。

マリーも負けじと、空中から襲い掛かる幽霊を撃破していく。空中を飛び交う幽霊と、それを討つ魔力弾。それは少数対多数とは思えぬ荒々しい絵面であった。

「マリー！　幽霊の方は任せた！」

「え!?　ま、任されました？」

困惑するマリーの声を背に、レイは敵の頭領である異形に向かって走り出す。

だがそれを見た異形が鐘を数回鳴らすと、そう簡単には行かせまいと十数体の幽霊が行く手を阻んできた。

「くっそ、邪魔なんだよ！」

『だが正面に味方は居ない。レイ、マジックワイヤーを使え』

「じゃあスレイプニルも手伝え！」

そう言うとレイは腰に下げていたグリモリーダーから銀色の獣魂栞（ソウルマーク）を抜き取り、コンパスブラスターへと投げて挿入した。

「インクチャージ！」

念動操作、出力強化。必要術式を瞬時に組み立てて、レイは魔武具に流し込む。

『今だ、レイ！』

「ワイヤー乱舞、喰（く）らえ！」

コンパスブラスターの先端から勢いよく飛び出た銀色のマジックワイヤー。それは生物の様に変幻自在に軌道を変えて、眼の前にいる幽霊達の身体を次々に貫いていった。

「爆（は）ぜろ！」

　マジックワイヤーに内包された魔力（インク）を爆発させるレイ。

　身体の内側から爆破に巻き込まれた幽霊達は、連鎖するように消え去っていった。

「さぁて、次はお前だぜ蛇モドキ野郎」

「ほう、幽霊では足止めにもならんか。面白い」

　棒術形態のコンパスブラスターを槍（やり）の様に構えて、異形へと突進するレイ。

　だが異形は回避する素振りすら見せず、その場に立ったままであった。

「……だが、所詮は未熟な童よ」

「何ッ!?」

　驚愕（きょうがく）の声を上げるレイ。その視線の先では、コンパスブラスターの切っ先を異形が素手で掴（つか）み取っていた。何とか振り払おうとするも、凄まじい握力で掴まれたコンパスブラスターはビクともしない。

「ほれ」

　まるで幼子と戯れてやると言わんばかりに、異形は軽々とコンパスブラスターごとレイを持ち上げてしまった。このままではマズい、そう感じ取ったレイの行動は早かった。

　掴んでいたコンパスブラスターから、レイは手を離したのだ。

　レイの意外な行動に異形も少し呆気（あっけ）にとられる。だがその一瞬に隙ができた。

「武闘王波、脚力強化！　そんでもって！」

　脚部に魔力を集中させると同時に術式を組み込む。

「魔力爆破（インク・バースト）！」

レイは強化された脚力を駆使した蹴りを、異形の頭部に叩（たた）きこんだ。

そして足裏が異形の頭部に接触した瞬間に、脚部に集中させていた魔力を爆破させて更なる追撃を撃ち込んだのだ。

「ツッッッガァァァ!?」

強烈な一撃に脳天を揺さぶられた異形は奇妙な悲鳴を上げてしまう。

摑んでいたコンパスブラスターを手放し両手で頭を抱える。

その隙にレイはコンパスブラスターを回収して、異形から少し距離を取った。

「痛ッてー、流石（さすが）に爆破はやり過ぎたか」

『全く、無茶をする』

「悪い。ところで敵さん、至近距離で脳天に爆撃食らったのに結構平気そうなんだけど」

『そうらしいな』

激痛の走る頭を抱えながらも、異形は倒れ込む事なくレイを睨みつける。

「なッ、る、ほど……少しはやるみたいだな」

「悪いけどそれは過小評価だって教えてやる。お前の身体（からだ）の方にな」

「ほざけ、ただの操獣者が私に敵（かな）うものか」

そう言うと異形は懐から黒い円柱状の魔武具を取り出した。

初めて見る魔武具にレイは少しばかり興味、関心が向く。

だがそれに反して、スレイプニルは信じられないといった様子で声を上げた。

『その魔武具はダークドライバー!?　なるほど、その異形の出で立ち……貴様、ゴエティアの悪魔だな！』

「ゴエティア？　あれは都市伝説だろ？」

『残念だが実在する。その目的、思想は不明だが、古き時代より暗躍する生命を生命とも思わん外道の集団よ！』

「我々の事を知っているとは、中々に博識な獣だな」

不敵な笑みを浮かべながら、異形はダークドライバーの先端をレイに向ける。

「ならばこれは知恵者への褒美よ！」

『避けろ、レイ！』

ダークドライバーの先端から、黒い炎が射出される。高速で接近する黒炎をレイは間一髪、横に跳んで回避した。標的を見失った黒炎はそのまま地面に着弾する。黒炎は爆風などを上げることもなく、ただ着弾した地面を大きく抉り抜いた。

「なんだアレ、衝撃一つ感じなかったのに」

出来上がったクレーターを見てレイは戦慄する。

抉られたと言うよりも、溶かされたと言うよりも、無に帰されたとでも呼ぶべきものであった。万が一触れていればタダでは済まなかっただろう。

『焚書松明ダークドライバー。ゴエティアの悪魔が使う禁断の魔武具だ。気を付けろレイ、あの魔武具から放たれる炎は万物を喰らい尽くす』

「万物って、冗談じゃねーっての」

だが脚色無い事実だというのは容易に理解できた。

既に異形は次弾の発射準備に入っている。

(回避するのは良いけど、マリーに当たらない様にしなきゃな)

冷静に異形を観察。そしてレイはギリギリまでそれを引きつける。

ダークドライバーの先端に集まった炎が肥大化しきる瞬間を見極めて。

(今だ！)

「逃がすかァ！」

発射直前にレイは広場を走り出す。

照準が碌に定まっていない黒炎は、その悉くがあらぬ方向へと着弾していた。

(とにかくマリーに攻撃が行かないように、奴に背を向けさせる……そして)

黒炎を回避、走りながらレイはコンパスブラスターを変形させる。

「形態変化、銃撃形態！」

迂闊に近づいて黒炎を喰らってはならない。

ならばとレイは、距離を取ってかく乱と攻撃が出来る銃撃形態を選択した。

「連続で狙い撃つ！」

高出力の魔力弾を飛来してくる黒炎にぶつける。

黒炎と魔力弾は互いに食らい合い、その存在を相殺しあった。

「よっしゃ！　打消し成功！」

『だがこの高出力で辛うじてか、割に合うとは言い難いな』

「いいんだよ、被害を最小限に出来れば！」

異形の注意を自身に向けつつ、レイはコンパスブラスターによる銃撃を続ける。

相殺、相殺……そして隙が見えたら本体に狙い撃つ。だがレイが魔力弾を放つと、異形は鐘を鳴らして、その弾道上に幽霊を配置させた。貫通力があるといえど、魔力の塊である幽霊に接触した影響で威力が落ちていく魔力弾。異形の下に到達する頃には、異形の蛇の尻尾で容易く弾かれてしまう程にまで弱体化していた。

「くっそ、幽霊が邪魔で魔力弾が効かねー！」

黒炎の相殺と邪魔をしてくる幽霊の撃墜を同時にこなしていくレイ。

気づけば炸裂した魔力弾と、霧散した幽霊の残骸で視界が悪くなっていた。

『ッ!?　レイ足元だ！』

「え？　うわッ!?」

完全に正面の脅威に気を取られすぎていたレイ。スレイプニルに言われて足元に意識を向けた時には既に遅く、レイの足は白い鱗で覆われた手で鷲摑みにされていた。

「ちょこまかと目障りな童め、これでもう逃げられまい」

「何だこれ、手!?」

現在、異形からレイまでの距離は約六メートル。普通に考えれば手が届くような距離ではない。しかし、レイが自分の足を摑んでいる手を目線で辿ってみると、そこに在るのはどこまでも続く異形の腕。

「アイツ、自分の腕を伸ばせるのかよ！」

『レイ、早く振り解け！』

「振り解く？　馬鹿言うな、向こうから態々来てくれたんだ」

レイは即座にコンパスブラスターを剣撃形態に変形させる。

「このふざけた腕ぶった斬ってやる！」

魔力刃を展開したコンパスブラスターを、レイは異形の腕に力いっぱい叩きつけた。

だが……異形の腕を被う鱗は、コンパスブラスターの刃を容易く弾き返してしまった。

「ふん、その程度の攻撃で私を傷つけられると思うな」

（か、固ぇ……何だよこの鱗、鉄か何かで出来てんのか？）

ならばより高い出力の魔力刃を展開してこの腕を切断するか。

レイがそう考えたほんの一瞬の内に、異形はダークドライバーに黒炎を集め終えていた。

「しまった！」

『レイ、早く脱出しろ！』

もう術式を組んでいる暇はない。レイは必死に足を摑む腕を振り払おうとするが、動かすことすらままならない程に強く握られていた。

「所詮は未熟な操獣者三人、暇つぶしにもならんか」

「こん、にゃろー！」

「まずは一人目、天国に行けるよう精々祈りを捧げるのだな」

『レイ！』

スレイプニルの叫びも虚しく、ダークドライバーから放たれた黒炎は真っ直ぐにレイへと迫って行った。

（あ、終わった……）

相殺する為の魔力弾を装填する間はない、ましてやコンパスブラスターを変形させる間もない。高速で接近する黒炎がスローモーションで見える。最早回避する事は不可能だろう。だが最後まで諦めて堪るかと、レイはコンパスブラスターを握る手に力を入れた。

（一か八か、今ある魔力刃で弾き返せれば）

コンパスブラスターの射程範囲に黒炎が到達するのを待つレイ。

だが、黒炎がレイの下へと到達する事は無かった。

キラリと一瞬、糸の様にか細い金色の針が黒炎に向かって飛来してきたのだ。プスと空中で金色の針が突き刺さった途端、黒炎はピタリと空中で動きを止めてしまった。

「何だ……何が起こった？　童、一体何をした！」

「いや、俺に聞かれても」

まるで時間を止められたかのように、依然として空中で停止している黒炎。

何故止まってしまったのか、それはその場に居る全ての者が理解できていなかった。

だがこれはチャンスだ、今の内に術式を組んで脱出をしよう。

レイがそう考えた次の瞬間、よく聞き覚えのある声が広場に響き渡った。

「なんかよく分かんないけど、ラッキーってやつかな？」

少女の声と共に強大な魔力の気配がレイ達に接近してくる。

突然の事にレイと異形が振り向くと、そこには真っ赤に燃え盛る巨大な炎の刃が牙をむいていた。

「バイオレント・プロミネンス！」

巨大な炎の刃はレイと異形の間に振り下ろされ、レイの足を掴んでいた異形の腕を一気に切断した。

「ぐォォォォォォォォォォ!?」

「助かった？」

異形の拘束から逃れられたと安堵するのもつかの間、レイは無理やり首根っこを引かれる。そしてレイが離れた直後、黒炎は再び動き出し近くの壁へと直撃した。

「よっと、めちゃくちゃピンチだったね」

「お前は……」

そこに立っていたのは、炎の如く真っ赤な魔装に身を包んだ一人の操獣者。

それはレイ自身も嫌という程よく知る、チーム：レッドフレアのリーダーを務める少女。

「フレイア!?」

「こんばんは〜、色々あって助っ人のお届けに参りました〜」

　レイに向かってお気楽に手を振る、フレイア・ローリングの姿がそこにはあった。

　灼熱の魔力刃によって切断された右腕を押さえながら悶絶する異形を横目に、フレイアはレイの下に近づく。

「なんかスゴいことになってるね〜。やっと街に着いたと思ったら変な霧に包まれてるし、なんかロキが大きくなって空飛んでたし……あ、レイ達は大丈夫だった？」

「俺達は大丈夫だけど……あの、フレイア？」

「て言うかこの霧、なんか色々混ざってない？　変な臭いするんだけど」

「それはアリスの魔法とあのバケモンが撒いた霧が混ざってるから……いやそれよりフレイア」

「てかアレもしかして幽霊!?　スゴい初めて見たー！」

「オラァ！」

　幽霊を見て目を幼児のようにするフレイアに、レイは容赦のない手刀を後頭部に叩きこんだ。

「痛ったぁぁぁ、なにすんのよ！」

「人の話を聞きやがれ脳ミソゴリラ女！　何でお前らが此処に居んだよ!?」

「あぁ〜……ちょっと色々あって急遽助太刀に来ることになった」

「助太刀って、俺一応試験中なんだけど」

「あっそれなら安心して。アタシ達に行けって言ったのギルド長だから」

「はぁ!?　ギルド長が!?」

「そうそう、それで色々と事情説明が必要なんだけど」

フレイアが振り向き異形の方を見る。レイ達も釣られてそちらに目をやると、先程まで聞こえていた悶絶の声は無く、異形の腕は今まさに再生を終えようとしていた。

「説明してる余裕、ある？」

「砂粒程も無いな」

「て言うか、ついつい勢いで腕切り落としちゃったけど、アレって敵で合ってるよね？」

「正解。しかも幽霊を出してる張本人だ！」

「じゃあ燃やしてＯＫね！」

気合を入れる様に、フレイアは右手の籠手(こて)を左掌(ひだりてのひら)に叩(たた)きつける。

それとほぼ同時に、腕の再生を終えた異形はこちらを睨(にら)みつけてきた。

「クッ、また邪魔者が増えたか……」

「そりゃあ、どっからどう見ても悪者なんだもん。邪魔の一つくらいさせてもらうわ」

「口の減らぬ小娘だ……」

「褒め言葉として受け取っておくわ」

フレイアの返しに腹を立てたのか、異形は八つ当たり気味にダークドライバーから黒炎

を放ってきた。碌に照準も合わさずに放たれた攻撃をフレイア達は軽々回避する。

黒炎が着弾した地面を見て、フレイアは少しばかり冷や汗をかいた。

「うわぁ～、これ絶対当たったらヤバいやつじゃん」

「スレイプニル曰く、当たったら何でもかんでも消し飛ばす黒炎だとよ」

「それを撃ってきたって事は、遠慮しなくていい敵ってことね！」

そう言うとフレイアはペンシルブレードを構えて、一気に異形へと斬りかかって行った。

「あのバカ、黒炎に当たったらマズいんだから距離詰めるなよ」

「どりゃァァァァァァァ！」

ペンシルブレードの刀身に超高温の炎を纏わせてフレイアは異形に斬りかかる。

が、異形はその見てくれに反した俊敏な動きで、フレイアの剣撃を躱した。

「先程は不覚をとったが、直情的な攻撃と分かれば造作ないものよ」

何度も異形に斬りかかるフレイア。だがその悉くを異形はヒラリヒラリと避けてしまう。

「全く、あの御方の為に一刻も早くハグレを捜さねばならぬと言うに……私には貴様のような小娘と戯れている暇などないのだ」

（ハグレ？　捜す？）

異形が口にしたハグレという言葉が気になったレイだが、それもつかの間。

瞬く暇もなく、異形はダークドライバーの先端をフレイアに向けた。

黒炎が形成されていくのに気が付いたフレイアは、咄嗟に剣を黒炎の弾道上に構えた。

そして構えると同時に至近距離から放たれる黒炎。

強力な魔力の炎を纏っている刀身は、ほんの一瞬だけ黒炎を受け止めた。

その一瞬があれば十分。フレイアは力任せに剣を振り上げ、黒煙の弾道を上空に逸らした。バックステップをし、一度異形から距離をとるフレイア。

「あッぶなー、また剣壊れるかと思った」

「生意気な餓鬼共がぁ！」

異形は怒声を上げると、手に持っていた鐘を鳴らした。

鐘の音はマリーが交戦していた幽霊達に届き、標的をフレイアに変更させる。

「魂を狩りとってくれるわ！」

幽霊は大鎌を構え直して、一斉にフレイアに襲い掛かる。

「フレイア、避けろ！」

レイの叫びに反応して、フレイアは振り下ろされる大鎌を回避する。その直後に鳴り響く幾つかの銃声。レイがコンパスブラスターで幽霊を撃ち抜いた音だ。

「うわっ!?　アイツ幽霊も操れんの!?」

「気を付けろ！　あの大鎌にやられたら魂を抜き取られるぞ！」

「ちょっとそれ冗談にもならないんだけど！」

魂を抜き取られると聞いて流石に震えたのか、フレイアは周辺を浮遊している幽霊を注意し始める。

すると異形は再び鐘を鳴らして、幽霊に攻撃をさせた。大鎌を勢いよく振る幽霊達。

フレイアは剣で応戦しようとするも、悉くすり抜けてしまう。

「フレイア、魔力を使え！　魔力攻撃なら通用する」

「つまり燃やせって事ね」

レイの助言を受けたフレイアは右手の籠手に炎を溜め込む。

何体かの幽霊を自身の近くに引きつけたフレイアはイフリートの頭部を模した籠手の口を開き、超高温の火炎を幽霊相手に解き放った。

魔力で作られた炎は魔力の塊である幽霊の身体に引火し、次々と幽霊を爆散させていく。

だがそれだけでは幽霊の攻撃は終わらない。

治まる爆炎の向こうから次の幽霊が大鎌を構えて攻撃を仕掛けてくる。

「もー、しつこいなー！」

幽霊を焼き払いながら愚痴を零すフレイア。一向に数が減る気配がない。

「クッソ、次から次へと」

『恐らく我々を足止めするつもりなのだろうな』

コンパスブラスターの引き金を引きながら、レイは歯ぎしりをする。

一体一体は弱くとも、高密度で襲い掛かられてはまともに身動きが取れない。

「ふん、精々そこで戯れていろ」

完全に幽霊に気を取られている三人を尻目に、異形は悠々と転げ落ちたダークドライバーを拾いにいく。地面に鎮座するダークドライバーに異形の指が触れようとしたその瞬間、一発の魔力弾が飛来し、ダークドライバーを弾き飛ばした。

「何!?」

「わざわざ幽霊を離してくださって、感謝いたしますわ」

異形が睨みつける先、そこには大量の幽霊から解放されたマリーの姿があった。

「ぐぬぬ」

忌々しそうに歯軋りをしながら、異形は弾き飛ばされたダークドライバーの下へと駆け始める。

「させませんわ！」

マリーは手に持ったクーゲルとシュライバーを使って何発もの魔力弾を放つ。

だがその何れも異形には当たらない。容易く回避されてしまう。

「ハハハ、何処を狙っている！」

「……避けましたね？」

仮面の下でマリーは小さく微笑む。異形が回避したその先、そこにはマリーの固有魔法で生成された魔水球があった。

「失礼。そちらは既にわたくしの射程範囲ですわ」

「なんだとォ!?」

気づいた時には時すでに遅く、異形はマリーによって設置されていた魔水球にその身体を接触させてしまった。

「噛み付きなさい、ヴァッサー・ファング！」

触れられると同時に弾けた魔水球は、巨大なトラバサミの形へと変化し、異形の身体に深く噛み付いた。

「グヌぅぅぅ！　これしきの事ォ！」

体表の鱗が防いでいるとはいえ、水の牙は僅かに身体に刺さり込んでいる。

その屈辱に異形は顔を赤くしながら、力任せに鐘を鳴らした。今までにない大きな音量。

周囲の建物の陰から、鐘の音に引き寄せられた幽霊が大量に広場に押し寄せてきた。

「念を入れて半分を陰に隠しておいて正解だったわ」

異形が鳴らす鐘の音に従って、幽霊達はマリーに襲い掛かる。

広場にいた全員が幽霊の相手をする事になった隙をみて、異形は今度こそダークドライバーを拾い上げた。

「全く、手こずらせてくれる童共だ」

異形はダークドライバーを強く握り締めて、その先端に黒炎を集め始める。

「だがそれもここまで、じっくり一人ずつ引導を渡してくれる」

「へぇ、四人まとめて相手にできんの？」

業火一閃。周囲に纏わっていた幽霊を炎で一掃したフレイアが異形に問いかける。

「四人？　此処に居るのは三人であろう」

「本当は五人なんだけど、ちょうど今一人来たみたい」

視線を上に向けながら話すフレイアを訝しげに見る異形。直後、月の光で照らされていた広場に大きな影が落ちた。

「あれって」

思わず見上げたレイが影の主を視認する。月光を遮っていたのは巨大な金属の翼を広げた黄色の鳥型魔獣。全身が金属化しているため一瞬分からなかったが、魔獣から聞こえた声でその正体が分かった。

「クルラララララララ！」

『レイ君！　姉御ー！　大丈夫っスかー？』

「その声、ライラか！」

巨大な鳥型魔獣から聞こえたのは甲高い鳴き声とライラの声。

広場に影を落としているのは、ライラと融合して鎧装獣と化したガルーダであった。

「大丈夫……って言いたいところなんだけど、幽霊だらけでかなり面倒な状況」

『じゃあまとめて雷落とせばＯＫっスね！』

「え、雷って、ライラお前」

『大丈夫っス！　幽霊の対処法はアーちゃんから聞いたっス！』

「いやそうじゃなくて！」

大きく広げられたガルーダの翼に魔力を内包した雷が集まっていく。

「はいじゃあみんな上手く避けてねー」

「おいバカやめろォォォ！」

『まとめて吹っ飛ぶっス！　レイニー・サンダー！』

軽い感じで無茶ぶりをするフレイアにレイは仮面の下で顔面蒼白となる。ライラが魔法名を宣言すると同時に、ガルーダの翼に集まっていた雷が無数の針となって広場に降り注いだ。雨あられと降り注ぎ、幽霊の身体を貫いていく雷。

「きゃぁぁぁぁ!?」

「よっと。これ案外良いトレーニングなのよね～」

「こんな狭い場所で雷なんか落としてんじゃねぇぇぇ！　馬鹿忍者ァァァ！」

取り囲んで攻撃を仕掛けていた幽霊に雷を落としたので、当の幽霊を撃破出来たは良いのだが……地上にいるレイ達も盛大に巻き込んでいた。

マリーは悲鳴を上げながら雷を避ける。喜々として雷避けを楽しむフレイアに、怒声を上げながら回避するレイ。実に混沌とした光景が広場に広がっていた。

「クッ、おのれ！」

やむなく雷を回避する異形。その目の前で幽霊達は次々と雷に撃たれて消滅していった。

一通りの雷が落ち終わった後、焦げ臭いにおいを出す地面に黄色の魔装に身を包んだ操獣者が降り立つ。ガルーダとの融合を解除したライラだ。

「ふぅ、大掃除完了っ」

「オラァ！」

ゴチンと大きな音を立てながら、レイはライラの後頭部を殴りつける。

「殺す気かお前！」

「いやぁ～ゴメンっス。上からの攻撃だとあれが一番手っ取り早いんス」

「限度を知れ、限度を！」

レイがライラの頭を両拳でグリグリしている中、スレイプニルが周囲の状況を確認する。

『敵の数は幽霊が五体と、あのゴエティアの者が一人か』

改めて異形の方に目をやる一同。幽霊を一掃されたのが相当気に障ったのか、憎々し気にレイ達を睨（にら）みつけていた。

「童ァ、生きて帰れると思うなよ」

「悪いけど、こっちは形勢逆転したつもりだぜ」

「減らず口を！」

ますます苛立（いらだ）つ異形。レイは獣魂栞（ソウルマーク）を取り出し、コンパスブラスターに挿入した。

「インクチャージ！」

コンパスブラスターの銃口を異形に向けるレイ。獣魂栞の力で大量の魔力が供給され、コンパスブラスターの中で強力な魔力弾が生成されていく。

「一気にケリつけてやる」

致命傷は避けるように狙いを合わせて、レイはコンパスブラスターの引き金を引く。

異形目掛けて猛スピードで駆け抜ける魔力弾。レイが若干加減をしているので致命傷にこそならないが、着弾すれば無事ではすまない威力だ。

刻一刻と異形に迫る魔力弾。だがその魔力弾が、異形に到達する事はなかった。

「はい、邪魔〜」

突如レイと異形の間に割り込んできたのは、ゴシックロリータの衣服に身を包んだ一人の少女であった。自分に迫り来る魔力弾をチラリと見ると、少女は躊躇うことなく魔力弾の弾道上に右手を差し出した。するとパァンと乾いた音を立てて消滅する魔力弾。素手で防いだなどの次元ではない。少女は触れた瞬間に魔力弾を消し飛ばしてしまったのだ。

突然の出来事にレイだけではなくレッドフレアの面々は唖然とする。

「こんばんは〜、蛇のおじ様」

「パイモン、何をしに来た」

「んもぉ、せっかく助けてあげたのにそんなに睨むなんて〜、パイモンちゃん悲しい」

「戯れるな性悪娘。私に何の用だ！」

「用件はいろいろ。だからパイモンちゃん、おじ様の家でゆっくりお話したいなーって」

ピンクのツインテールを揺らしながら、あざとく振る舞うパイモン。

見た目こそ普通の少女だが、その得体の知れない気配にレイは強い警戒を覚えていた。

「オイ。何者だテメェ」

「うにゅ？　もしかしてパイモンちゃんの事？　うーん……通りすがりの若年労働者？」

「ふざけてんのか？」

「ふざけてませんー。だいたい真実ですー」

不貞腐(ふてくさ)れたように頬を膨らませるパイモン。

「セイラムでゴミ処理の仕事を終えたと思ったら、休む間もなく蛇のおじ様を迎えに行かなきゃなんて……このままじゃパイモンちゃん、行き遅れのお局(つぼね)ウーマンになっちゃう～」

「ゴミ処理？」

自己陶酔するかのように茶化すように愚痴を吐くパイモン。だがレイはパイモンの口から出た「セイラム」と「ゴミ処理」のワードが妙に気になった。

「お前、セイラムで何したんだ」

「大したことはしてないよ～。ゴミ処理兼ディナーに行っただけ」

そこまで言うとパイモンはハッと何かに気づいた様な顔でレイ達を見た。

「そう言えば、アイツを地下牢(ちかろう)に落としたのって貴方(あなた)達なんだっけ」

「地下牢に、落とす？」

「……ッ、まさか！」

満面の笑みを浮かべるパイモンに疑問符を浮かべるレイ。

だがパイモンの言葉の意味を理解してしまったフレイアは、急激に血の気が引いて行くのを感じていた。

「意外と美味しかったですよ。あのキースっておじ様」

「何を……言ってるんだ」

パイモンの発した言葉が悪い方向に繋がっていく。だがそんな筈は無い。ギルドの地下牢、その最深部は世界有数の警備態勢だ。レイは必死に否定の言葉を浮かべながらも、心臓の音が大きくなっているのを感じていた。

「アンタ、何か知ってるの？　地下牢でキースが殺された事件のこと」

悪い意味での肯定は、フレイアの口から発せられた。

「殺された……オイ、それどういう事だよ!?」

「今朝、キースの奴が地下牢で変死体で見つかったの。看守の誰にも気づかれず内臓を抜き取られてね！」

「嘘だろおい」

色々な感情がグルグルとかき混ざって、一気にレイの中に押し寄せてくる。

許容量は容易に超えてしまい、その意味を理解するのにレイは数瞬かかった。

「で、どうなのよ？　まさかアンタが殺したとも思えないんだけど？」

「そのまさかなんだけどな〜。パイモンちゃん流の超可愛いグルメレポートを交えて教えてあげたいんだけどぉ……残念ながら、お別れの時間でーす。ほらおじ様、行くよ」

「何を言っておるパイモン。奴らを始末する方が先決——」

パイモンに腕を摑まれた異形が抗議をするが、それを全て言い終える事はなかった。

『ブゥルオォォォォォォォォォォォォォォォォォォォォィォォォォォォォォォ！！！』

荒々しい魔獣の咆哮がバミューダシティ全域に響き渡る。だがそれは奇妙な音であった。

咆哮の振動は広場にいるレイ達にも伝わる程大きなものであったが、肝心の音は微かに耳に届いてくるだけなのだ。だが例外もいる。マリーとスレイプニルだ。

「これは……ケートスと同じ海棲魔獣の音？」

『そのようだな。音が割れ過ぎていて、言葉としての体を成してはいないが……』

海棲魔獣の音を聞き取れるマリー達には、この魔獣の咆哮がハッキリと聞こえていた。

突然響いてきた咆哮に、広場にいる全員が驚く。だがそれは咆哮に対してだけではなく、僅かに残っていた幽霊に起きた異変に対してもだった。

咆哮が広場に届いたと同時に、残っていた幽霊は大鎌を落として苦しみ始めたのだ。

「ほらね、戻らなきゃでしょ」

苦しむ幽霊を指さして、パイモンは異形に語りかける。幽霊に起きた異変の原因を重々理解している異形は、深いため息を一つついて鐘を軽く鳴らした。

鐘の音が幽霊に届くと、幽霊の身体は一気に霧散する。その中から出て来た小さな光の玉が、吸い込まれるように異形の持つ鐘の中に入っていった。

「皆殺しにしてやりたい所だが、どうもそうはいかなくなった様だ」

「そゆこと」

「彼の王が凝りもせずに抵抗をし始めた。最早貴様ら童に構っている暇はない」

「なーのーでー。残念ながら私達とはここでお別れでーす」

そう言うとパイモンは、どこからか取り出したダークドライバーを手に握り、横薙ぎに振る。するとダークドライバーの先端から大量の煙幕が吐き出され、広場を被いつくした。

「ゲホゲホ、煙いっス」

「何ですのこの煙。魔装越しでも視界が遮られてますわ」

「ウゲー、鼻が潰れるー」

「バイバーイ」

フレイア達が煙に視界を奪われている隙に、パイモンは異形を連れて意気揚々とその場を去って行った。

そんな中、レイは武闘王波で強化された聴覚を元に、パイモン達を追い始めた。

建物の屋根を飛び移りながら、レイはパイモンと異形を追いかける。広場以外に煙幕は張られていなかったので、広場を脱した後は容易に見つける事ができた。

「待ちやがれ！」

「しつこい童だ」

「おじ様はそのまま船に行ってて。あの男の子は私が構ってアゲルから」

そう言うとパイモンはくるりと身体を反転させ、後ろ走りの状態になりながらダークドライバーを構える。ダークドライバーの先端に小さな黒炎を幾つも生成すると、パイモンはそれらを追いかけてくるレイに向けて解き放った。

「燃えちゃえバーン！」

先程まで異形が撃っていた黒炎と比べると小さなものだが、何発も同時に放たれた事で逃げ道が少なくなっていた。

（だけどあの小ささならッ！）

レイは足を止める事なく、コンパスブラスターに獣魂栞を挿入する。

「インクチャージ！」

迫り来る黒炎。だがレイは落ち着いてコンパスブラスターを逆手に持ち換え、頭の中で術式を瞬時に構築した。

「偽典一閃（ぎてんいっせん）！」

巨大な魔力刃がコンパスブラスターから展開される。最後の術式を省いた不完全な必殺技。横に並んで飛んでくる黒炎を相殺する為（ため）に、レイはあえて射程距離の長い偽典一閃を選んだ。コンパスブラスターを横に薙ぐと、巨大な魔力刃が飛来する黒炎と衝突する。魔力刃に斬りつけられた黒炎は瞬く間に相殺されていった。

「あら、打ち消されちゃった」

「次はお前らに叩（たた）きこむぞ！」

「もー、しつこい男の子ってパイモンちゃん嫌ーい。ストーカー予備軍って呼んじゃうぞ」

誰がストーカーだ、とレイが内心悪態をついていると、風を連れてすぐ横に大きな魔獣の影が現れた。鎧装獣(がいそうじゅう)化したロキとアリスだ。

「キュッキュイー」

『レイ』

「アリスか、ちょうど良い。アイツら捕まえるの手伝ってく――」

「隙ありだゾ」

一瞬出来た隙をついて、パイモンは先程よりも二回り大きな黒炎をレイに向けて撃った。

流石(さすが)にこの大きさを相殺する事はできない。レイは咄嗟(とっさ)に横へと避けたのだが――

「あッ」

現在地は建物の屋根の上。真横に跳んだ先には地面は無く……。

「あぁぁぁぁぁ!?」

レイはそのまま街道へと落下していった。

「今度こそバイバーイ」

「キュー！」

ロキは急速に滑空し、地面に叩きつけられる寸前でレイを摑まえた。

レイの両足を摑まえたまま、ロキは再び空へと上る。

「あっぶね」

『大丈夫？』

「俺は大丈夫だけど、アイツらは？」

『残念だが、逃げられてしまったようだ。何処にも姿が見えん』

レイも周辺を見回すが、何処にもパイモン達の姿はない。

先程の一瞬で完全に逃げ切られてしまったようだ。

「逃げ足速すぎだろ」

『……レイ、海を見ろ』

仮面の下で顔をしかめながらも、レイはスレイプニルに言われたままに海に目をやる。

ロキに摑まれたままなので上下は反転しているが、空を飛んでいるおかげで遮蔽物もなく海を見渡す事ができた。眼に入るのはミントグリーンの霧が薄く舞っている街並みと、港に密集している船たち。そして……

「……なんだよ、アレ」

それは、港から随分離れた沖の方に佇んでいた。遠目からでも全身の形が捉えられる程の巨大な船。ガレオン船の様な形はしているが、その外見は非常に異質であった。船体に使われている木材はあちこち朽ちており、帆はその役目を果たせないと素人目で見ても理解できる程にボロボロ。とても航海に使えるような代物ではない。それどころか次の瞬間に沈没しても不思議に思うことはないだろう。

『レイ、あれってもしかして』

「いかにも……だよなぁ」

念のため視力強化をして巨大船を見るレイ。やはりどう見ても航海ができそうな代物ではない。それどころか、砕けた船体からは先程まで戦っていた幽霊達が顔を覗かせていた。

『幽霊船だな』

「だな。ところでさスレイプニル。あの幽霊船の後ろ、なんか裂けてね？」

本命の幽霊船を見つけたのは良いのだが、よくよく見てみると、幽霊船の後ろの空間に大きな裂け目が出来ていた。縦一線に走る裂け目に幽霊船はその巨体を滑り込ませていく。

「なぁ、空間ってあんな風に裂けるもんだっけ？」

『裂けてるんだから、裂けるんだと思う』

「キュキュウ」

幽霊船はズルズルと吸い込まれるように裂け目の中に入って行き、やがて一分と経たずにその姿を海上から消してしまった。幽霊船が消えた夜の海をレイ達はただ眺めつづける。

『レイ、アレをどうにかしなくちゃいけないいんだね』

「らしいな……本当に誰だよ。これをランクDの依頼とか言った奴」

力なくそう零すレイ。だが返ってくるのは、波と潮風の音ばかりであった。

第三章 ▼ 悪魔の企み

空間の裂け目に幽霊船が消えた後、ロキに足を摑まれたままレイは広場に戻って来た。

全員変身を解除して街の様子を軽く見て回る。街の住民を昏睡させていた霧は完全に消え去っており、その為か眠っていた住民は次々と目を覚ましていた。

ひとまずの問題が収まった事を確認したレイ達は宿屋に戻り、フレイアとライラから諸々の話を聞く事となったのだが……

「…………」

「あ、あの～、レイさん？」

宿屋の食堂の一角を借りている一同。ひと通りの事情を聞いたレイは無言でどす黒いオーラを放っていた。マリーも思わず心配げな声をかけてしまう。

「えーっと、話を纏めるぞ……俺が受けた依頼は実は難易度Dでは無かったと……」

「そっス」

「何処かのアホの手違いでそうなってたのであって、実は難易度Aだったと……」

「そっス」

「で、それに気づいたギルド長が大慌てでフレイア達をこっちに寄越したと……」

「そういう事。頼もしい助っ人でしょー」

改めて事情を確認し終えると、レイはプルプルと小刻みに震え始めた。

「えっと……レイさん、大丈夫ですか？」

「……あ」

「あ？」

「あぁぁぁぁぁぁぁぁぁぁぁぁぁぁんのクソジジイィィィィィィィィィィィィィィ！

なんつー依頼を寄越しやがんだぁぁぁぁぁぁぁぁぁぁ！」

「レイ、夜だから落ち着く」

「落ち着いてられっか！」

怒りのあまり「ガルルル」と獣のような怒声を張り上げるレイ。

あまりに近所迷惑なのでアリスはナイフを突きつけてレイを静まらせた。

「落ち着いた？」

「落ち着かざるをえなくなった」

だがおかげである程度頭が冷えたレイ。

テーブルに置いてあったジュースを一気に飲み干してから着席する。

「とりあえずお前らが来た事情は分かった」

「分かってくれたっスか」

「で、ジジイはなんだって？」

「事が事だから、依頼を降りて良いって言ってたっス。その場合、代わりの試験用依頼を用意するってギルド長から伝言を預かってるっス」

「一応今受けている依頼をそのまま続けても良いらしいけど……レイはどうするの？」

レイに判断を仰ぐフレイア。無難に考えるならば、ここは依頼を降りてセイラムに戻るべきなのだろう。契約魔獣の格が高いとはいえ、所詮レイは駆け出し未満の操獣者。通常は大規模チームが協力して解決するようなランクAの依頼。操獣者となって日の浅いレイには荷が重すぎる事は明白であった。

一分ほどの静寂が流れた後、レイはアリスとマリーの方を見て自身の判断を告げた。

「アリス達は先にセイラムに戻ってくれ。俺はしばらく此処に残る」

「え、レイさん!?」

「みんなは俺が依頼を降りた事をギルド長に伝えてくれ。引継ぎのチームが来るまで、俺はバミューダに残って幽霊とかの相手をする」

「レイ君、まさか一人でやる気っスか!?」

「当然。元々これは俺が受けた認定試験だからな。アリスやマリー達まで付き合わせる訳にはいかない」

「レイ、降りる気あるの？」

「……後釜が来たら降りるさ」

アリスの懐疑の目線から全力で顔を逸らしつつレイは答える。

そんなレイに、フレイアはジュースを飲み干してから、こう告げた。

「つまりギリギリまでは降りる気はないと。ねぇレイ。分かってるとは思うけど」

「ランクAをつけられている時点で一人で解決できる内容じゃない。そんな事は重々承知さ」

「それでもこの依頼を続ける気？」

「……後味悪いじゃん」

拗ねた子供の様に、目線を逸らして小さな声で呟くレイ。その脳裏には今日一日で出会った街の人々の姿が映し出されていた。幽霊騒動や暴走魔獣によって苦しむ人々。特に親元から離れて暮らす子ども達の姿は何度もレイの中で思い返されていた。

「一回首突っ込んで色々見ちまったのに、何もせずに帰ったら後味悪いだろ」

レイの意志が伝わり、それ以上否定的な言葉を発せる者はいなくなった。

そんな中、フレイアはレイの本音を聞いた途端ニヤニヤとした笑みを浮かべていた。

「なんだよフレイア、その顔は」

「ん？　いやいや、レイならそう言うだろうな～って予想が当たっただけだから」

「お泊りセット持って来て正解だったっスね」

連れ戻すだけにしては、やたらと大きなカバンを持って来ていたフレイア達。

その理由が解った瞬間、レイの顔は真っ赤に染まってしまった。

「て、ちょっと待て。お前らも此処に残るのかよ」

「うん残るよ」

「依頼の手助けに関しては、レイ君は心配ご無用っス。万が一依頼を続けるって言われた時は手助けして良いってギルド長が言ってたっス」

「勿論、レイが主体で動くことが条件だけどね～」

色々と見透かされていた事で、レイは恥ずかしさを感じながらも複雑な表情を浮かべる。

「ジジイにはお見通しかよ」

「そういう事でしたら、わたくしも引き続きお手伝いいたしますわ」

「まぁレイが残るならアリスも残る。どーせ無茶するんだし」

「お目付け役め……」

だが良かったとレイは内心ホッとする。

少なくとも一人ではない、それだけでもレイには心強く感じた。

「それでさレイ……これってどういう依頼？」

「……何も聞いてなかったのか」

「うん。幽霊船が出てるってくらいしか聞いてない」

仕方がないので、レイはフレイアに依頼の詳細とここまでの調査内容を伝えた。

「で、あの蛇野郎と戦っていたらお前らが乱入してきたわけだ」

「うんうんなるほど。だいたいは解った」

「ホントか？」

「勿論。あの化物蛇をぶっ倒して幽霊船も倒せばいいんでしょ」

「極端に言えばな」

「なら大丈夫！　化物蛇はみんなで協力すれば勝てると思うし、デッカい幽霊船も何とかなるでしょ！」

えらく自信満々に語るフレイアにレイは若干懐疑的な目を向ける。

「何より、あの化物蛇がゴエティアってのも個人的には気になるしね～」

そのフレイアの発言を聞いて、レイは以前彼女が口にした目標を思い出した。

フレイアは都市伝説とされてきた闇の組織、ゴエティアの壊滅を掲げているのだ。

だがゴエティアという組織に何か因縁があるのではなく、どちらかと言えば先代ヒーローを超えるための指標として見ている節がある。

これまで都市伝説とされてきたゴエティアの悪魔。それと対峙（たいじ）した事実を、一同は重く受け止めている。

だが、現在レイが一番気になっている事は別件だ。

「なぁ、少し聞いてもいいか？」

「なに？」

「キースの事だ」

レイがキースの名を出した瞬間、フレイアでさえ気まずそうに目を伏せた。

「本当に、殺されたのか？」

「うん。殺されたし遺体も見つかった」

「酷い仏さんだったらしいっスよ。内臓だけ綺麗サッパリ消されてたって聞いたっス。しかも周りには謎の生首がゴロゴロと。正直グロすぎてあんまり想像したくないっス」

「……そうか」

それしか、答えることが出来なかった。空虚なものがレイの心に襲い掛かる。

（結局、アイツが法で裁かれる事はなかったか……）

キースが死んだという事実が、少し遅れてレイの心に重く伸しかかってくる。

これでキースを法で裁く事も、父親の死の真相を知る事もできなくなってしまったのだ。

「レイ、大丈夫？」

「キュー……」

「ん、あぁ……大丈夫」

手の甲にヒンヤリと小さな手が置かれた感触で我に返るレイ。アリスやロキだけでなく、気づけばチームのメンバー全員がレイを心配そうに見ていた。仲間に余計な心配をかけた事を少々自省するレイ。過ぎた事を今ここで悔やんでも仕方がない。今は今、出来ることをするべきだと、レイは自身を鼓舞した。

「じゃあ改めて。フレイア、ライラ、サポートを頼む」

「お安い御用っス」

「頼まれた！」

えへんと子供のように胸を張るフレイア。

その無邪気さを見て、レイは自身の心が少し軽くなるのを感じた。

◆

翌朝。日の出すぐにレイは宿を出ていた。

普段から八区でボーツ退治をしていた習慣から、早起きなのだ。

宿を出る直前、宿の女将と他愛ない会話を交わしたレイ。そこから一つ分かった事は、昨夜の事を覚えていないという事。アリスが言った通り記憶を操作されているらしい。

「さーて。どこから散策しようかな」

「朝から遠出は大変ですから、ここは近場を入念に調べるのが良いのではありませんか？」

「どわッ!?　マリー」

背後から突然声をかけてきたのは、水色のワンピースと白色のカーディガンを着た少女。レイにとって新しい仲間のマリーだ。

「お前結構早起きなんだな」

「レイさんもですわ。わたくしは夜に戦闘していたせいで、興奮しすぎただけですが」

「あぁ、うん……興奮はしてただろうな」

昨夜のマリーを思い出すレイ。あれは控えめに言っても暴走状態であった。興奮していない訳がない。

「でも意外だな。仮にも貴族の娘が操獣者になって、銃まで扱うなんて。中々聞かないぞ」

「それもそうですわね。わたくし自身、自分が異端だと理解はしていますわ」

「実家からは反対されたんだっけ？　まぁ普通に考えれば当然だな」

そもそも操獣者は荒事全般を請け負う仕事だ。怪我や命のやり取りは日常茶飯事。

そんな危険極まりない仕事に、自分の娘を送り出す貴族の親など常識外れである。

「マリーは何で操獣者になろうとしたんだ？」

「気になりますか？」

「特殊例すぎて好奇心が止まらないからな」

レイがそう言うと、マリーはクスリと笑みを零す。

「整備士らしい方ですわね。とても知識に貪欲ですわ」

だが決して拒絶の反応は見せない。マリーはゆっくりと自身について語り始めた。

「強い、貴族になりたいのです。何者からも民を守れる、強い貴族に」

「それで操獣者になったのか。銃を使えるんだ、学力は高いんだろ」

「そうですわね。為政者となるための教育はたくさん受けてきましたわ……ですが、足りません。民を守るためには政だけでは守り切れないのです」

「まぁ……災害とか色々荒事はあるもんな」

「わたくしは全てを守りたいのです。そのためには操獣者という力を鍛える必要がありました。ですからわたくしは、フレイアさんの手を取ったのです」

迷いなき瞳で、自身の理想を語るマリー。それはまるで、絵に描いたように純粋な理想であった。きっと普通の者が聞けば拍手称賛を送るであろう。

だが、レイには何か違和感があった。言語化はできないが、何か決定的なものが欠如しているように感じた。その正体が分からなくとも、どこか妙な危うさを、レイはマリーに抱いていた。

（フレイアが認めた奴だから……大丈夫だとは思うんだけどなぁ）

どこかモヤモヤしたものを感じながらも、レイはマリーと共に近隣を散策する。

流石は海に面した街とでも言うべきか、日が昇って間もないにも拘わらず早速仕事の準備を始めている者や、家の前を掃除する婦人がちらほらといる。

「普通ですわね」

「そうだな」

まるで何事もなかったかのように進んでいる日常のワンシーン。気になった二人はすれ違った人達に話を聞いてみる。しかし彼らには昨夜の記憶は無かった。

「本当に誰も覚えてませんのね」

「まぁそもそも魔力越しじゃないと視認できないからなぁ。俺達みたいに変身していた人間か、魔獣じゃないと騒動に気づけないだろ」

だがそれにしても異様である事には変わりなかった。あれだけの戦闘があったにも拘わ

らず、それを記憶している者は誰も居ない。戦闘の舞台となった広場に足を運んでみるも、抉れた地面を前に少し頭を掻いている職人が数人いる程度。魔獣や操獣者の戦闘が珍しくない今の世の中、この程度の破損は特別な物と認識されなかったのだ。

「結局、アレは何だったのでしょう？」

「幽霊か？　それともゴエティアの蛇か？」

「両方ですわ」

建物の壁にもたれかかりながら、二人は昨夜の事を思い出す。

「幽霊については昨日話した通り、霧状の魔力の塊ってこと以外分からねぇ。あの蛇野郎の事だったら、スレイプニルが一番知ってるんじゃないのか？」

「あれは人なのでしょうか。魔獣なのでしょうか？」

「どっちもかなり怪しいと思うけどな。それよりも――」

レイは指先で胸ポケットを軽く叩く。

「なぁスレイプニル、アイツらが使ってた魔武具、あれ何なんだ？」

『ふむ、そうだな……』

少し間を置いて、スレイプニルは語り始める。

『焚書松明ダークドライバー、ゴエティアの悪魔達が使う禁断の魔武具だ』

「禁断？」

『基本的な使い道はグリモリーダーと同じく人間の変身だ。だがグリモリーダーとは違い、ダークドライバーは使用者を大きく限定する』

「どういうことだ」

『ダークドライバーの力はお前達もよく理解できているだろう。だが強い力には代償が伴うもの……ダークドライバーはその強大な力と引き換えに、使用者に強力な毒を流し込む』

「強大な力と引き換えに毒、か……」

まるで魔僕呪のようだと、レイは頭の中で考える。

『並大抵の者であれば数回使用すれば死に至る猛毒。だがごく稀に、その毒を克服し力に魅入られる者が現れる。その成れの果てが昨晩の異形、悪魔だ』

「という事は、あの蛇の怪物は元人間なのですか」

『そして元は魔獣。毒は肉体だけではなく霊体そして精神を汚染していく。力に溺れ虐殺の限りを繰り返す、人にも魔獣にも非ざる者……』

故に悪魔。レイとマリーはスレイプニルの話を聞いて微かに震える。

『いずれにせよ我々の敵である事は確かだ。今まで闇の世界で動いていると思っていたが、まさかここまで表にでてきているとはな』

「まぁあんな悪趣味な幽霊ばら蒔いている時点で、良い奴ではなさそうだな」

「ゴエティア。フレイアさんから都市伝説は聞いたことがありますが……何が目的なのでしょうか」

『分からぬ。一つ言えるとすれば、あの外道を放置しても碌なことにならんという事だ』

「外道ねぇ」

ゴエティアという存在を知って間もないレイには今一つ実感を持てない話。

だが少なくとも、あの蛇の悪魔を放置しても碌な結果にならない事だけは理解していた。

まずは目の前の幽霊船を解決するのが先決だ。とはいえ昨晩の様子を振り返る限り、あの蛇の悪魔とは事件解決の過程で戦う事になるだろうと、レイは考えていた。

蛇の悪魔への対策と幽霊について。レイは同時並行に思考を加速させていく。

（そういえば、霧状のインクと幽霊……どこかの論文で聞いたことある気がするなぁ）

レイがブツブツ呟きながら記憶の底を朝っていると、目の前に一人の男が現れた。

「失礼、道を尋ねたいのだが」

それは、黒い剣を携えて、紋入りのマントを羽織った威風に溢れた男であった。

ぱっと見の年齢は四十代くらいだろうか。特徴は赤い眼。そして黒く長い髪を後ろで三つ編みに束ねているが決して清潔感を損なっているようには感じない。ガタイの良さからは鍛え抜かれた強さを、一つ一つの所作からは気品のある性格が見えてくる。

「え、あ、教会？」

「この街の教会はどちらかな」

「それでしたらこの先を道なりに進んだ場所にありますわ」

「ふむ。感謝する」

そう言うと男はレイ達に一礼して、その場を去って行った。

その後ろ姿を、レイは吸い寄せられるように注視していた。

「なんだか、いかにも強そうな殿方でしたわね」

「あぁ……それもそうなんだけどさ」

レイの視線は去り行く男と、男が携えている剣に向いている。

「スゴイなあの剣、アレ相当な業物だぞ」

『それだけではない。あの剣についていた無数の傷、あれは長年使いこんだ証(あかし)だ』

「だよなー……」

「それ程の剣だったのですか？」

「整備士として言わせてもらうなら、あんな芸術品とさえ呼べる領域に達した剣、中の術式ならともかく外側に関しちゃセイラムでも作れる奴はそういないな」

レイの所感を聞いて、マリーは茫然(ぼうぜん)と男の後ろ姿を見届ける。レイも男が持っていた剣が気になって仕方がなかった。

その時であった。銀色の獣魂栞(ソウルマーク)の中で、スレイプニルは一瞬の気配を感じた。

『む!?　今のは……』

「どうしたスレイプニル」

『いや……何でもない。気のせいだったようだ』

男の姿が見えなくなると、レイとマリーは再び散策を始めた。

（今の気配……いや、そんな筈は）

◆

数時間後、レイとマリー、そしてライラは周辺の海を探索していた。

「ライラー、そっちはどうだー？」

「魔力が邪魔で海中もよく見えないっスー！　レイ君の方はー？」

「同じくだよ」

レイはスレイプニルに、ライラはガルーダに乗って空から海を調べていた。

しかし視界に映るのは変わらず魔力に汚れた海ばかり。ごちゃ混ぜの魔力は魔法による視認も阻害しているらしく、ライラの【鷹之超眼】でも上手く中を見られずにいた。見えるのはせいぜい海中に隠れている魔獣の影くらい。

「……あの辺だったよな、幽霊船が消えたの」

「そうだな」

レイとスレイプニルは何も無い海上の空間をただ見つめる。

そこは昨夜、幽霊船が消えていった裂け目が現れた場所だった。

「何か匂いとかそういうの感じないのか？」

「微かに魔力の残滓は感じるが、それ以上のものは何もない」

「やっぱりか……ライラとガルーダは？」

「ボクには何も。ガルーダの目にも特に何か見えたりはしてないらしいっス」

ただただ空から空間と海を眺めるばかり。敵の策が上手過ぎるのか、これといった進展が無いことに、レイは頭を痛ませていた。整備士として、魔法術式のプロとして様々な術式理論は読んできたレイだが、空間に裂け目を作る魔法など聞いた事が無かった。ましてや船のような大きな物を隠す、収納するとなれば、それは最早御伽話の世界。幻覚などで隠しているのであれば今頃ガルーダかスレイプニルに見つかっている。レイが頭を絞って過去に読んだ論文を思い返していると、下からレイを呼ぶ声が聞こえてきた。

「レイさーん！」

前半身は狼、後ろ半身はイルカ。青い体毛を持つ大きな魔獣に乗って呼びかけてくるマリー。下にいるのは彼女の契約魔獣であるケートスだ。海中での調査から戻ってきた彼女なら何か得られた物があるかもしれないと、レイは淡い期待を持って返事をする。

「マリー！　そっちは何かあったかー？」

「駄目ですわー、海棲魔獣の方々が警戒して出てきてくれませんのー！」

「スレイプニルの時と変わらずか……」

何かを話すでもなく、魔獣達はただ黙ってこちらを見つめてくるだけ。たとえその相手が王獣であろうと、同類のケートスであろうと関係は無いようだ。

「レイさんとライラさんは？」

「全然ダメっス。魔力で海はよく見えないし、空間の裂け目も碌に手がかり無しっス」

ダランとガルーダの背に腹からもたれかかるライラ。

既に近辺の海を何周もして、皆気疲れしていた。

「一度陸地に戻ろう。海は我が調査を続ける。レイ達は陸地の調査に戻ってくれ」

「……そうだな」

何も得られない事は歯痒いが尤もだ。スレイプニルの提案で一同は陸地に戻る事にした。

レイ達を陸地に戻すと、スレイプニルはすぐに海へと戻る。

ライラは単独でバミューダシティの調査へ、レイとマリーは共に行動する事となった。

「そういえば、メアリーさんは大丈夫なのでしょうか？」

マリーの何気ない発言で、レイは「確かに」となる。

幽霊騒動のどさくさで忘れていたが、メアリーは昨夜幽霊から逃げ続けていたはずだ。

レイとマリーはひとまず、メアリーと最初に出会った廃墟前に急行した。

「あっさり見つかったな」

浜辺に到着するや、レイは思わずそう呟いてしまう。

廃墟の前に置かれた瓦礫。その上に座って、金髪の少女メアリーは歌を歌っていた。

「あっ、昨日のおにーさん」

「よっ。幽霊から逃げきれたらしいな」

「うん、私かけっこ速いもん」

「そりゃあ花丸だな。だけど夜は家の中で大人しくするもんだぞ」

メアリーははにかみながら「はーい」と可愛らしく返事をする。

「あ、でも……緑色の霧がかかったら身体が動かなくなっちゃった」

(それアリスの幻覚魔法だな。アイツ珍しく加減間違えやがったな)

後で小言を言ってやろうと心に決めるレイ。

それはそれとして、レイはある事が気になっていた。

「なぁメアリー。お前本当にこの家に住んでるのか?」

「そうだよ」

レイは割れている廃墟の窓から、中を覗き込む。案の定中は埃だらけ。家具には蜘蛛の巣が無数についている。

だがその向こうを見ると、壁に飾ってあるのは一枚の絵画。恐らく家族画だろう。

絵画に描かれている人の中に、メアリーにそっくりな少女がいた。

「本当にこの家の子なのか……にしては酷い有様だけど」

その時レイは、ふと部屋の奥に置かれている本棚に気が付いた。

蜘蛛の巣が張られて酷い状態ではあるが、本の背表紙は何冊か確認できた。

「あれは……霊体研究の本」

「あら、レイさんよく分かりましたわね」

「以前ギルドの図書館で見た事がある。間違いない」

レイはメアリーの方へと振り向く。両親は船乗りと言っていた。ならば残る可能性は。

「なぁメアリー。君のお爺さんは、もしかして学者なのか？」

「うん。そうだよ」

「お爺さん、教会の人と仲が悪かったりする？」

「うん。おにーさん何でわかったの？」

「まぁ、色々とあってな」

それはともかくとして。レイは廃墟の中にある本が気になって仕方がなかった。

「メアリー。お爺さんは中にいるのか？」

「いないよ。おじいちゃん最近見ないの」

その言葉を聞いた瞬間、レイは「育児放棄か？」と思い顔をしかめた。

だが今はそれどころではない。レイは廃墟の扉をこじ開けて中に入った。

「お邪魔しまーす！」

「あっ、レイさん!?」

慌ててレイの後を追うマリーと、状況をよく理解せず後ろをついて来るメアリー。

レイはボロボロの床を踏みながら、先ほど覗き込んだ部屋へと向かう。

その道中、廃墟の中に人の気配は一切感じなかった。

腐った木製の扉を開けようとすると壊れる。だがレイは動じない。

すぐに目的の部屋へとたどり着いた。

「もうレイさん、いきなり何をしてますの？」

「外道学問だ。この部屋の主（あるじ）は霊体研究をしているはずだ」

「外道学問、ですか？」

頭上に疑問符を浮かべるマリーをスルーして、レイは部屋の中を見渡す。

よく見れば、床には大きめの羊皮紙が何枚も散らばっていた。

レイは一枚を拾い上げて、内容を確認する。

『霧状魔力（インク）を用いた疑似死者蘇生（そせい）術について　―ルドルフ・ライス―』

まさかと思い、もう一枚拾い上げてみると。

『霊体内の魂観測術　―ルドルフ・ライス―』

全て霊体に関する研究論文であった。そして、それら全ての論文に書かれていた研究者の名前にレイは見覚えがあった。

改めて本棚の本を確認する。魔法術式に関する本、そして霊体研究に関する本だ。

「メアリー、君のフルネームはもしかして」

「ん？　メアリー・ライスだけど」

「そうか……ここはルドルフ教授の家だったのか」

「レイさん、ご存じの方でしょうか？」

レイは小さく頷（うなず）いて肯定する。

「ルドルフ・ライス教授。以前父さんに読ませてもらった学会資料で見た事ある名前だ……霊体研究の第一人者。五年前に行方不明になったって聞いたけど、生きてたんだ」

「そうなのですか。あら？　では先ほどの外道学問とは何でしょうか？」

マリーの疑問に、レイは少し苦々しい表情を浮かべて答える。

「なぁマリー、霊体に関する文献は大昔からあるのに、何故(なぜ)新しい発見に関する話が何十年間も一切出てこないと思う？」

考え込むマリー。だがすぐに答えに辿(たど)り着いた。

「まさか……教会の圧力」

「正解だ」

「何故、教会がそのような事を？」

「霊体ってのは全てのソウルインク源だ。ソウルインクを神聖視している教会の奴(やつ)らからしたら、神様から貰(もら)った霊体を解き明かそうとするのは蛮族のする事……故に霊体研究が外道学問ってわけだ」

論文をページ順に探し、拾い上げながらレイが告げる。

予想外に闇の深い内容に、マリーは苦虫を噛(か)み潰したような顔になる。

別にこういった事は世界的に珍しいわけでもない。教会の影響をほぼ受けていないセイラムが特殊なだけだ。だからこそ、研究熱心な者はセイラムに集まりやすいという実情もある。当然だがセイラムシティと教会は仲が悪い。

「流石(さすが)は霊体研究の第一人者。これが依頼中じゃなかったら、ずっと論文を読んでいたいくらいだ」

「レイさん、わたくし達は幽霊騒動の解決をしなくてはなりませんのよ」

「分かってる。そのために今論文を読んでるんだ。霊体だぞ、幽霊の仕掛けが分かるかもしれない」

「……それもそうですわね」

そうとなれば話は早い。マリーも散らばった論文を拾う手伝いを始める。

そんな二人の様子を、メアリーは退屈そうに見ていた。

「なんか、おじいちゃんの友達が来た時みたい」

メアリーは近くにあったカビだらけの椅子に座り、足をぶらつかせる。

その時、メアリーは床に転がっていた何かを蹴り飛ばしてしまった。

蹴られた何かは、レイの足元にやってくる。

「ん？　なんか飛んできたぞ」

レイはそれを拾い上げる。それは教会の十字架が刺繍された、小さな巾着袋であった。

一見すると安っぽいお守り。中には何か固い物が入っている。

「あら、それは教会の生臭司祭が売っていたお守りではありませんか？」

「これが？　教会が売るには粗悪すぎるだろ」

レイは昨日直接見ていなかったので、すぐには気づけなかった。

手にしたのはあまりにも簡素な巾着袋。とてもお守りとは言い難い。

「これを不安な人々に売りつけるのか。酷いことしやがる」

「まったく。聖職の風上にもおけませんわ」

ぷんすかと頬を膨らませるマリーを視界の片隅に入れながら、レイは何気なく巾着袋を揺らす。すると……タプンと何か液体が揺れる音がした。

「ん？　なんだ今の」

液体を入れるお守りなど聞いたことがない。レイは突発的に巾着袋を開けた。

「なっ!?　これは」

巾着袋から取り出された物は小さな小瓶。中にはどす黒い液体で満タンになっている。見間違えるはずもない。レイにとっては先の事件でも使われた禁制薬物。

「なんで魔僕呪（まぼくじゅ）が入ってるんだよ」

少なくとも教会が配るような代物ではない。いや、それだけではない。そもそも外道学問の研究者として、教会はルドルフ・ライスを嫌っているはずである。ならば今手の中にあるお守りが、この廃墟の中にある事自体が不自然だ。

マリーもレイが手に持つ魔僕呪に気付く。

「何故、このような薬物がここに」

「巾着袋と小瓶も比較的新しいな。誰かが投げ込んだのか？」

レイは巾着袋の内側も確認する。そこには魔法文字による術式がびっしり刻まれていた。

恐らく探知魔法などによる発覚を防ぐためであろう。

「霧状インク……霊体……存在維持の魔力……」

思考を高速回転させ、レイの中でこれまでのピースがつながっていく。

もしも今、レイの中で浮かび上がった方法で幽霊を出せば……

「なるほどな。あの生臭司祭、しっかり問いただした方が良いみたいだな」

レイとマリーは急いで廃墟を出て、チームの仲間達に連絡を取った。

◆

バミューダシティの教会に人は少ない。基本的に業務のほぼ全てをガミジン司祭がやっているが、不思議とそれを疑問に思う者はいなかった。

それも当然だろう。ガミジンが仕込んだ幻覚魔法で、皆認識をかき乱されているのだ。

御守り(おまもり)の頒布を終え、今日もガミジンは人気(ひとけ)のない教会の中へと帰っていく。

「ガミジンおじ様も阿漕(あこぎ)だよね～。あんな御守りで大儲(おおもう)けしちゃうんだから」

「人は嘘(うそ)をついても金は嘘をつかんからな。それよりパイモン、お前はまだ居たのか」

「そろそろ帰るもーん。でもその前におじ様とお話ししようかと思って」

教会の椅子に座って足をぶらつかせるゴスロリ服とピンク髪が特徴の少女パイモン。

彼女は気まぐれな子猫のようにガミジンに問いかけた。

「おじ様ってさぁ、ゴエティアに入って何したいの？」

「質問の意図が読めないな」

「言葉通りだよ。おじ様は何を欲してるのかなーって」

「……大したものではない、自分の幸せのためだ」

ガミジンは歓喜に顔を歪ませて語り始める。

「美味い飯、良い身体の女、使いきれん程の金と権力。陛下についていけば、その全てが手に入る。その為なら私は悪魔になる事も躊躇わんかったよ」

夢の光景を想像し興奮したのか、微かに前屈みになるガミジン。普通の若い女なら嫌悪の表情を一つでもするだろうが、パイモンはニコニコと変わらない笑みを浮かべていた。

「流石は司祭様、欲深くってステキですね～。で～も」

パイモンは立ち上がり、ガミジンを見上げる。

「私これでも色んな人を食べて来たからわかるんですけど～、おじ様みたいなタイプの人って最後の最後でポカやらかしちゃうんですよ」

「……私がヘマをするとでも？」

「警告ですよ～け・い・こ・く。変なところでしくじる前に、さっさと船を完成させちゃった方がいいよ～って言う、パイモンに、パイモンちゃんの優しさ」

ケラケラ笑いながら言い放つパイモンに、不快感を隠せないガミジン。

自分を侮られた事が癪に障りすぎたのだ。

「それにさ～おじ様。変な邪魔入ったでしょ～」

「……あぁ、忌々しい事にな」

「ダークドライバーの炎を止める力。多分アイツだよね～」

「まさかとは思うが、黄金の少女とは言うまいな」

黄金の少女。その名前が出た瞬間、パイモンは不敵な笑みを浮かべた。

「正解。だから今この街にはウチの騎士様も来てるの。おじ様は一人でお仕事やれそう？」

「侮るなパイモン。私とてゴエティアの悪魔、任務は完遂して陛下の下に戻って見せるわ」

「それは良いお返事。じゃあパイモンちゃんは裏に戻るね～」

そう言うとパイモンはダークドライバーを一振りし、空間に裂け目を作り上げた。

ヒラヒラと手を振りながら「お仕事サボらないでね～」と言って、彼女は裂け目の中へと姿を消していった。

残されたガミジンは、ただただ忌々しげに虚空を睨みつける。

「小娘が私を侮りおって……見ていろ、この御守りと牢獄を使えば陛下の義体なんぞ」

「そのお守りについて色々聞きたいんだけど良いよな？　生臭司祭」

乱暴に扉を開ける音と突然の声に、慌てて振り返るガミジン。

教会の入り口に立っていたのは黒髪赤目の少年とその仲間達。チーム：レッドフレアの面々だった。仁王立ちするレイは、怒りに満ちた様子でガミジンを睨みつけている。

「な、何の御用でしょうか？」

「しらばっくれるな。アンタが街の人達に売りつけてたお守りについてだ」

「教会の御守りを売る事がいつから違法になったのかな……」

「別に、合法だぞ……中身のブツに目をつぶればの話だけどな」

中身の話をされた瞬間、ガミジンの顔から余裕が消し飛んだ。

だが構うこと無く追及は続く。レイは先程廃墟(はいきょ)から回収した巾着袋と中に入っていた小瓶を突きつけた。

「なるほどな、考えたもんだ。気化しやすいように細工した魔僕呪を隠す為に、巾着袋の内側に臭いを消す術式まで仕込んでおいたとはな」

「そして司祭という立場を利用すれば、お守りの巾に入れた魔僕呪を街中にばら蒔(ま)く事も容易……本当に、とんでもない聖職者ですわ」

「マリー、アレはもう聖職者じゃない」

「ではただの卑劣漢ですわね」

アリスの一言で容赦ない毒を吐くマリー。だが誰も咎(とが)めるつもりは無い。

「わ、私がそれを」

「言っとくけど、無関係だなんて言い訳が通じると思うなよ。昨日街の人にコレを売りつけてるところを、俺らは直接見てたからな」

「更に付け加えると、たとえ知らなかったとしても魔僕呪の頒布はれっきとした違法行為っス。どの道ボクたちはお前を捕まえて憲兵に引き渡す義務があるっス！」

「ま、そういう事だ……」

レイは腰に携えていたコンパスブラスターを引き抜き、切っ先を向ける。

「幽霊船と関係があろうが無かろうが、今からアンタを捕まえる。できれば大人しくして欲しいんだけど、どうする？」

レイの問いかけに、ガミジンはただ下を向いてブツブツと呟き続ける。気味の悪い光景であった。抵抗される前にさっさと捕まえようと、レイが近づいたその時だった。

「シャァァァァ！」

「っ⁉」

何かが大口を開けて飛んできたので、レイは咄嗟にコンパスブラスターで受け止めた。

ガキンと金属と牙がぶつかる音が教会に鳴り響く。

「危ねー、危うく嚙まれるかと思った」

「どいつも……こいつも……」

レイがコンパスブラスターを振ると、嚙みついて来た蛇型魔獣、アナンタはスルスルとガミジンに近寄っていった。

「おい、それアンタの契約魔獣かよ！」

「抵抗はやめてお縄について貰えると嬉しいんだけど」

「どいつもこいつも、私を侮りおってぇぇぇぇ！」

フレイアの言葉を遮り、破裂したような怒声を上げるガミジン。

「もうよい、どの道中身を知られたのだ。貴様ら全員生きては帰さん！」

そう叫ぶとガミジンは、懐から一本の黒い円柱状の魔武具を取り出した。

「なッ、アレはダークドライバーじゃねーか！」

「えっ、てことは……あの司祭が蛇悪魔の正体っスか!?」

『どうやらそうらしいな』

「来い、アナンタ！」

ガミジンがダークドライバーを掲げて叫ぶと、アナンタの身体は光の粒子へと変化した。肉体と霊体を膨大な魔力へと変換させて、ダークドライバーに取り込ませる。

「トランス・モーフィング！」

ダークドライバーから黒炎が放たれる。

邪悪な炎に包まれたガミジンは、その身体を瞬時に異形のものへと変質させていった。

炎が消え、中から悪魔が姿を見せる。それはレイ達がよく知る異形。バミューダに幽霊を徘徊させた蛇の悪魔であった。

「うわぁ、マジっスか……」

「何が聖職者だよ、ただのバケモンじゃねーか」

「よくも私の使命を邪魔しおってぇぇ！　許さん、皆殺しにしてくれる！」

「なんて言ってるけど、どうするリーダー？」

放たれる殺気に怯むことなく、レイはフレイアに聞く。

だが、出てくる答えなど分かりきっていた。

「決まってるでしょ。あの司祭が蛇野郎の正体、で蛇野郎は幽霊船事件の犯人。だったら」

「全力でアイツをぶっ飛ばす。だろ？」

「ちょッ、レイ！　アタシの台詞取らないで」

「撃ちまくってもよろしいのですね？」

「俺が許す！　好きなだけ撃て」

「ヌォォォォォォォォォ！」

咆哮を上げて、黒炎を撃ち込んでくるガミジン。

レイ達は咄嗟に横に逸れて、それを回避する。

「それじゃあ皆……いくよ！」

「「「応ッ！」」」

「Ｃｏｄｅ：レッド！」「ブルー！」「イエロー！」「シルバー！」「ミント」

「「「「解放！」」」」

Ｃｏｄｅ解放を宣言して、五人同時に獣魂栞をグリモリーダーに挿入する。

「「「「クロス・モーフィング！！！」」」」

魔装、同時変身。

五色の魔力が解き放たれ、次々にレイ達の魔装へと形作られていく。

「どりゃァァァァァァァァァ！」

右手の籠手に火炎を溜めて、正面から殴り掛かるフレイア。だが飛んで火にいる夏の虫と言わんばかりに、ガミジンはダークドライバーの先端を向ける……しかし。

黒炎を放つ直前、フレイアの背後から変則的な軌道を描いて複数の魔力弾が飛来。

ダークドライバーを握ったガミジンの手を何度も攻撃した。

「ヌゥゥゥ！」

やむなく後退してフレイアの攻撃を躱すガミジン。

見渡してみれば、魔武具の銃口を向けたレイとマリーが立っていた。

「バーカ、二回目だぜ。対策してるっての」

「その黒炎は厄介極まりないですからね。使わせるわけにはいきませんわ」

「小癪なぁ……」

「もちろん」

「それだけで終わりじゃないっス！」

上からの声に驚いたガミジンが顔を上げると、魔法発動の準備を終えたアリスとライラが構えていた。

「エンチャントナイトメア」

「雷手裏剣！」

アリスが投げたのは幻覚魔法を付与したナイフ。それの逃げ道を埋めるように、ライラが雷の手裏剣を連続で投擲する。

猛スピードで下へと降り注ぐ攻撃。だがガミジンは臆する事なく、自身の巨大な尾を振るって攻撃を弾き返した。それでもついた傷は鱗に少しのみ。僅かにでも傷をつけられた事がプライドに障ったのか、ガミジンは強くこちらを睨みつける。

「よくも私の身体に傷をォ！」

「気になるか？　じゃあ気にならなくなるくらいズタズタにしてやる」

そう言うとレイはコンパスブラスターを変形させた。

「形態変化、剣撃形態！」

武闘王波で強化された身体を使って、ガミジンに斬りかかる。

ガミジンはダークドライバーから黒炎を放って抵抗しようとするも、マリーの銃撃、アリスのナイフ、ライラの雷に妨害されてしまう。

その間隙を衝くようにフレイアの炎拳、レイの斬撃が繰り出される。

「ヌゥゥ！　これしきの事ォォォ！」

尻尾を大きく薙ぎ払ってレイ達から距離を取るガミジン。だがそれが大きな隙となった。

ガミジンの視界が突然ぼやけてしまう。アリスの幻覚魔法が効いてきたのだ。

「どこだ、童共はどこにいる!?」

「『正面だよ！』」

瞬間、レイとフレイアは同時にガミジンに斬りかかった。

防御態勢をとれずモロに受けてしまうガミジン。

「グゥァァ!?　何故だ、何故気づけなかった!?」

「目には目をってやつよ」

「幻覚使うバケモンには、幻覚魔法のプロだ。なーアリス」

「コンフュージョン・カーテン。教会全体にも幻覚魔法の霧を撒いた」

よく見れば教会内部に薄っすらとミントグリーンの霧が舞っている。

戦闘開始と同時にアリスが撒いておいたのだ。これの効能によって認識が阻害されていたと気が付いたガミジンは、ますます怒りを増大させていった。

「ならば……これでどうだァァァ!」

どこからかカンテラを取り出し、絶叫を上げながらダークドライバーから大量の黒煙を吐き出させるガミジン。

瞬く間に教会内部は煙に包まれ、日光さえ入らない暗闇と化してしまった。

「何だこれ、前が見えねぇ」

『日光の遮断。即ち疑似的な夜を作り出したのだろう』

「疑似的な夜って、嫌な予感……」

心の発する警告に従って、レイは周囲の気配を探る。

武闘王波で強化された感覚神経が、迫り来る四つの気配を感知した。

「そこ!」

魔力刃を展開させたコンパスブラスターで振り払う。

四つ分、何かを切り裂いた感覚はつかめた。レイは武闘王波で視力を強化し、可能な限り黒煙の中を視認する。見えて来たのは大量の幽霊と応戦する仲間達。

「幽霊出す為に夜を作るなんてそんなのアリ!?」

文句を叫びつつ剣を振るフレイア。だがその背後に大鎌を構えた幽霊が近づいてくる。

「まずは貴様だ赤いの!」

「うわぁぁ……って思うじゃん」

ガミジンの命令で大鎌を振り下ろす幽霊……しかし。

ガキンッという衝突音を鳴らして、フレイアの魔装は大鎌を防いでしまった。

「何だと!?」

「残念だけど、ここに来る前レイにグリモリーダーをチューニングして貰ったの!」

籠手から火炎放射し、襲い掛かる幽霊を焼き払うフレイア。

昨晩の戦闘と廃墟で呼んだ論文で幽霊の原理を理解したレイは、全員のグリモリーダーをチューニングし、魔装に霊体攻撃への耐性を持たせたのだ（代わりに物理防御は少し落ちたが）。

雷鳴が響き、水の牙が飛ぶ。炎と魔力弾が幽霊の身体を食い破り、幻覚の霧がその動きを止める。

撃破された端から補給する様に、ガミジンは手にしたカンテラから幽霊を召喚する。

だがその表情に余裕はない。幽霊の大鎌による攻撃を防がれてしまっては、負けはしなくとも勝つ事もできない。だからと言ってこのまま体力勝負に持ち込むのはプライドが許さなかった。

ガミジンは懐から一つの小樽を取り出す。陛下からの賜り物として渡された樽だ。

霊体攻撃が効かないなら物理攻撃で追い込むしかない。しかしこれを有効活用するにはガミジン自身も相応のリソースを割く必要がある。自身のプライドとぶつかり合い、ギリギリまで葛藤する。

「避けられぬかッ……」

苦々しい表情を浮かべ、ガミジンは黒煙の噴出を途切れさせる。

そして間髪を容れずに小樽の蓋を開け、その中身を床に落とした。

床に落ちた粘液は鈍色に染まり、コポコポと音を立て形を形成していく。

「「ボッツ、ボッツ、ボッツ」」

「ちょ、なんでボーツがいるんスか!?」

「俺に聞くな！」

「あらあらあら、まあまあまあ！　ターゲットが増えましたわぁぁぁ！」

突然召喚された灰色の人型、ボーツの大群に驚くレイ達、と興奮を隠せないマリー。

だが事態はそれで終わらなかった。

黒煙が消え、日光が教会に入り、消えかかっていた幽霊達。

ガミジンの号令で、幽霊達は召喚されたボーツに次々と憑依していった。

「やれ！」

ガミジンの命令を受けて、ボーツの大群は一斉にレイ達に襲いかかる。

鎌や槍の形状をとった腕が容赦なく振り下ろされていく。

「気をつけろよ、霊体攻撃に強くなった代わりに物理防御は落ちてるんだからな」

攻撃をコンパスブラスターで受け流しつつ、レイは全員に忠告する。煙が晴れたおかげで視界も元に戻った。レイは応戦をしながら、ボーツとガミジンを観察していた。

（なる程な。普通は完全操作できないボーツでも、操作可能な幽霊を取り憑かせたら支配できるって寸法か）

敵ながらその発想力には素直に感心するレイ。だが今はそれどころでは無い。息の合った連係で攻撃を繰り出してくるボーツは、いつぞやの強化ボーツに匹敵する厄介さだ。

「これ、めんどう」

「ねーレイ！　もう面倒くさいからまとめて一掃しちゃダメー!?」

「……いいかもな」

まさかの無茶振りへの了承に驚くアリスとフレイア。

だが実際問題、チマチマと倒していては切りがない状態でもあった。

「街への被害は最小限にしたかったけど、流石にこの状況じゃあ無理だな」

レイはコンパスブラスターに獣魂栞を挿入する。

「多少教会ぶっ壊してでも、ボーツを一掃する！」

「じゃあレイが言い出しっぺって事で、マリー！」

「レイさんの責任で撃ちたい放題!? 最高過ぎて興奮が止まりませんわー！」

少し早まった事を言ったかもしれないと、レイは仮面の下で汗を流す。

そうとは知らずにフレイアとマリーは手持ちの魔武具に獣魂栞を挿入した。

「「「インクチャージ！」」」

魔力が魔武具に充塡され、各々の攻撃エネルギーへと変換されていく。

三人は問答無用で襲いかかろうとするボーツをギリギリまで引きつける。

心静かに、待って、待って……今だ。

「偽典一閃！」

「バイオレント・プロミネンス！」

「シュトゥルーム・ゲヴリュール！」

巨大魔力刃、爆炎の刃、そして螺旋水流の超砲撃。三人の必殺技が容赦なくボーツ達に襲いかかる。射程圏内にいたボーツは「ボッ」と短い断末魔を上げて絶命。その向こうにいたガミジンは咄嗟に防御態勢をとった。

そして戦場と化している教会は三人の必殺技の余波で壁という壁にヒビが入り、硝子は砕け散り、天井は完全に吹き飛んでしまった。

砂煙が視界を悪くする。ボーツの気配は完全になく、先程までガミジンがいた場所には瓦礫の山ができていた。

　砂煙が薄まるのと同時に、外から人の声が聞こえてくる。

　先の爆音で集まって来た野次馬達だ。

　どうやらアリスが事前に仕込んでおいた人払いの魔法まで吹き飛ばしてしまったらしい。

「不味いな、結構集まって来てる」

「まだまだ危ないよね。ライラ、アリスと一緒に人払いしてきて」

　フレイアの指示で二人は野次馬の方へと向かう。

　集まった野次馬をよく見れば、見覚えのある小さなシルエットもいた。

　金髪の三つ編み、メアリーだ。

　危ない所には行くなと後で小言を言ってやろうと、レイが心の中で決めたその時だった。

　ガラガラと瓦礫の山が崩れ、中からガミジンが飛び出て来た。

「終わらせんぞ、こんな場面で終わらせんぞ！」

　突然姿を現した蛇の異形に、野次馬達は悲鳴を上げて逃げ始める。

　それと同時に、再び地面からボーツの大群が召喚され始めた。

「ライラ、マリー、アリスは民間人を避難させて！　レイはアタシと一緒にボーツを倒す！」

「「「了解！」」」

　フレイアの指示で動き始める面々。

見境なく攻撃を始めるボーツが届かないように、レイ達は魔武具を構えて立ち向かう。

案の定ボーツは先程と同じ幽霊憑依型。連携の取れた攻撃に苦戦、防戦一方になってしまう。大規模出力の技は余波で民間人まで巻き込みかねないので使えない。仕方なくレイ達は出力を抑えた技で戦闘を行った。

「ブレイズ・ファング！」

「流星銀弾！」

フレイアの炎の牙が、レイの魔力弾がボーツの身体を貫く。だがまだボーツの数は多い。

「ふん、貴様らはソレと戯れていろ」

レイ達がボーツの相手をしている隙に、ガミジンはその場を後にしようとする。

「そう何度も逃がすか！」

「っ!?　レイ後ろ！」

フレイアの叫びで振り向いてみると、一体のボーツがレイの頭に向けて大鎌の手を振り下ろそうとしていた。この距離と速度では回避が間に合わない。

レイが覚悟をした次の瞬間。

「やめてっ！」

ピタリとボーツの腕が止まった。

眼前で停止している大鎌の先に冷や汗を流しつつ、レイは声の主の方へと視線を寄越す。

怯えた表情でこちらを見るメアリーの姿があった。

驚きつつも、眼の前のボーツを斬り伏せて撃破するレイ。

その一方で、ガミジンは数秒呆然となった後、みるみるその顔に歓喜を浮かべていった。

「そうか……あの小娘が……」

宝物を見つけた子供の様に歓喜を隠せないガミジン。だが今は間が悪い。ガミジンはダークドライバーを一振りし、空間に裂け目を作った。

「覚えておれ、次は必ず殺してやる」

「待ちやがれ！」

空間の裂け目に姿を消すガミジン。レイが追いつくよりも早く裂け目は閉じてしまった。

「クソっ、逃げられたか」

全員静止状態だったので、ボーツの残党もすぐに壊滅。

民間人の負傷者は出なかったが、真犯人には逃げられてしまった。

ガミジンに逃げられた後、レイ達はボロボロになった教会の中を調べていた。

仮にも主犯が根城にしていた場所だ。何かしらの物はあるだろう。

そう思って教会内をひっくり返し始めたのは良いのだが、そもそもガミジン一人で運営していた教会。驚くほどに何も無い。

「そーらよっと！」

調べに調べて最後の部屋。厳重に鍵がかかっていたが、そんなものは知らないと言わんばかりにレイはコンパスブラスターで扉を破壊する。無理に扉を破壊したのもあるが、部屋は随分と埃っぽい。清貧な教会の中とは思えない汚さだ。

「これじゃあ教会って言うより学者の部屋だな」

レイ、マリー、アリスが部屋に入る。

床には物が散乱し、天井には蜘蛛の巣が張っており、改めて汚いとレイは顔を歪ませる。

ひとまず手分けして中を調べる事にした三人。部屋は大量の本と紙、そしてペンがあるのみ。レイは本棚から適当に一冊を取り出す。

（霊体研究の学術書……こっちは攻撃魔法の研究論文……どんな組み合わせだよ）

どうにもチグハグとした本のジャンルに首を傾げるレイ。

他の本も目を通してみるが、どれも似たような書籍ばかり。

少なくともガミジン司祭は研究職に匹敵する知識量の持ち主なのだろう。だがそれにしてもジャンルが多彩だ。ひと通り本棚から本を取り出すレイ。

「ん、なんだこれ？」

全ての本を出し終えると、本棚の奥から小さな引き出しが出て来た。

引っ張り出して中身を確認する。

「……論文と、設計図？」

出て来たのは数十枚の紙束。一枚は船らしき図に大量の魔法陣が描かれた物。残りは長々とした論文らしき物だった。レイはその論文を読み始める。

「あの、レイさん？　何を読んでらっしゃるのですか？」

マリーの声は聞こえず、レイは凄まじい集中力で論文を読み進める。

一枚、また一枚とページをめくる毎にレイはどんどん顔を険しくしていった。

そして数十分後、論文を読み終えたレイは溜息を一つついた。

「もしも外道の学問があるとすれば、こういうのを言うんだろうな」

「あの、何が書かれていたのでしょうか？」

「……知らない方がいい。碌でもない研究だったよ」

「レイ」

咎める様なアリスの視線が刺さる。気遣いで伏せようとしたのだが、それを許さないと言われた気がして、レイは少し首の裏を掻いた。

「魂から得られるエネルギーの武器転用と、魔獣の死体を使った兵器の開発……その研究だとよ」

レイの言葉にマリーは言葉を失う。

「狩り取った人間の魂を動力源にして巨大な魔導兵器を動かしたり、魔獣の死体を活用した兵器の構想……そういう研究内容だった」

「人間の魂……それではあの巨大な幽霊船は!?」

「十中八九魔導兵器だろうな。それも大量の魂を積み込んだ悪趣味なやつ」

マリーは何故レイが詳細を伏せようとしたのか理解した。どれだけの人命を失わせたのか。まさに外道、悪魔の所業と呼んで差し支えない内容だった。

「気に入らねぇな」

「そうですわね。このような外道の所業」

「それもだけど、この論文だ」

レイは机に置いた論文の束を指さす。

「ほとんどの文章に見覚えがある。あの廃墟で見た論文からの流用が多い」

「それはつまり、ルドルフ・ライス教授の論理を盗んだという事ですか？」

「だろうな。しかも悪用して兵器にしようとしてやがる」

すぐにでもガミジンを見つけ出したいが、空間の裂け目に消えられては捜しようがない。

レイとマリーは頭を抱え、アリスはただ静かにロキを抱きかかえていた。

「諦めて、もう来ないで欲しい」

「それは無いだろ。この手の奴は執念深いって相場は決まってる。少なくともこれだけの資料を用意して研究するような奴だ、折角の兵器をみすみす棄てるような真似はしないだろうよ」

「じゃあどうする？」

アリスの質問に少し考え込むレイ。少なくとも逃亡先は分からない。幽霊船に執心しているだろうが、その幽霊船が隠されてしまっている。現在見つかっている資料からは次の行動は予測できない。

「これは、待ち伏せるしかないなぁ。少なくとも動きが出るのは夜になってからだろ」

結局、受け身にならざるを得ない状況。レイは他の部屋を探っていたフレイアとライラに連絡をして話し合い、夜まで各自自由行動とする事になった。

◆

街の中を一人で歩くレイ。散歩がてら、街の住民から少しでも話を聞こうと考えていた。

だが、どうにも苛つきが収まらない。

『随分怒りを覚えているようだな』

「当たり前だ。あの論文を読めば、本来の研究目標は簡単に想像できる」

　レイの脳裏に浮かび上がるのは、廃墟で読んだルドルフ教授の論文。

「疑似的な死者蘇生。霧状魔力を用いた一時的な死者との交信。亡くした家族ともう一度だけ話をしたいっていう純粋な願いだった」

『だがレイ。死者は』

「分かってる。死者の完全蘇生なんて不可能だ……だけどさ、それでも願いくらいは抱いちゃうだろ」

『その願いを踏みにじる悪魔に、怒りを覚えるのか』

「そういう事だ。後は職業柄、俺も研究者の端くれだからな」

　スレイプニルと会話をしている内に、レイは大きな広場に出てきた。

　他の場所は活気が少ない中、此処だけは精力的な声が聞こえて来る。

　何だろうかと、レイはその集団に目をやる。集団が組み立てているのは何かの舞台だろうか。周辺でも屈強な男達が屋台を組み立て、大きな魔道具を運び込んでいる。

「あぁ、お祭りの準備か」

　バミューダに到着した直後の散策を思い出す。

（そういえば、お祭りくらいは派手に盛り上げたいって言ってたな）

　明るい未来のために、精力的に働く男達。それをぼうっと見ていると、向こうもレイに気がついた。

「おう！　ＧＯＤから来た兄ちゃんじゃねーか！」

「えっ、あぁ、どうも」

働いていた男達は作業を中断して、ぞろぞろとレイの下にやってくる。

「聞いたぜ、さっき教会の方で派手に戦ってたって」

「あの司祭が化物になったんだってな」

「あぁ、はい、とは言っても逃げられてしまいましたけど……」

「そう謙遜すんなって、俺らじゃ追っ払う事もできねーんだからよ！」

「そうだそうだ。前向きに考えようぜ兄ちゃん」

背中をバンバンと叩いてくる男。えらく前向きなものだとレイは少し溜息をつく。

だがおかげで、なんだか心が少しだけ軽くなった気もしていた。

「仕事が終わったら、兄ちゃんも仲間連れてお祭りに来てくれよ！　可愛い女の子がいただろ？」

「そうだぜ。胸のデカいねーちゃん連れてさ、楽しんでくれよ」

「水鱗祭はこの街の名物！　これを見ずしてバミューダは語れねぇぜ」

「まぁ今年も王様と歌い手が居ないから、本調子って訳じゃあないけどな」

「え、歌い手？」

引っかかった。レイの記憶が正しければ、確か今年の歌い手は……

「王が居なくちゃ次の歌い手も決められないからな」

「歌い手も水鱗王も五年前から居なくなっちまった」

「あの、歌い手って何か聞いても」

「ん、あぁ。水鱗祭の恒例行事さ。毎年水鱗王によって決められた一人が、この舞台で賛美歌を歌うんだよ」

そう言って広場中央で建設されている舞台を指さす男。

水鱗王に送る賛美歌……それはつまり。

「水鱗歌」

「おう兄ちゃん、よく知ってるな」

「ちょっと待ってくれ、じゃあ今年の歌い手ってメアリーって娘じゃないのか？」

「メアリー？　なんか聞いたことがある名前だな」

「ほらアレだよ、五年前に商船と一緒に消えた女の子。ルドルフ爺さんのお孫さんだ」

「消え、た!?」

レイは慌てて男達から聞き出す。曰く、五年前に起きた商船の海難事故で水鱗王と共に、その年の歌い手として選ばれた女の子も行方不明になってしまったのだとか。現在でも見つかっておらず、ほぼ死亡が確定したと見ていいらしい。

「スレイプニル……メアリーは嘘をついていたか？」

『いや、それは無い』

スレイプニルの断言で、メアリーが嘘をついた可能性は消えた。王獣クラスの魔獣に子供の嘘は通用しない。では同姓同名の別人か。それにしては話が出来過ぎている。

「(なんだ、この胸騒ぎは)」

レイは走ってその場を後にし、メアリーと最初に出会った浜辺へと向かった。

焦る様に浜辺を捜すレイ。だがそこにメアリーの姿は無く、あるのは近くの施設に疎開している子供たちが遊んでいるだけであった。例の廃墟にも姿は無い。

レイは浜辺の子供達に話しかけた。

「なぁ、ちょっといいかな？　そこの家に住んでるメアリーって子について聞きたい事があるんだけど」

「……メアリーって誰？」

「そんな子知らないし、あの家に人なんて住んでないよ」

背筋が凍りついた。子供たちの言葉を理解するのに数秒を要してしまった。

スレイプニルからの指摘は無い、という事は彼らは嘘をついていない。

念のため子供たち全員に聞いてみたが、誰一人としてメアリーを知る者は居なかった。

レイは呼吸を整えて、落ち着いて今までの情報を整理する。

「思い出せ……これまでの情報を……」

必死に記憶を引き出す。『メアリーは歌い手ではない』『だがメアリーは今年の歌い手だと真実を言った』『幽霊船事件』『ゴエティアの悪魔』『ルドルフ教授の論文』『人の住んでいない廃墟』『五年前に行方不明になった商船』『水鱗王の失踪』『霊体研究の論文』

（なんだ……？）

何か嫌なものを感じる。『魂を狩る幽霊』『幽霊の作り方』『彼の王が抵抗』『王さまの声を聞いたメアリー』『ガミジンの兵器研究』『アリスの魔法失敗』『水鱗歌』『ハグレを捜せ』

様々なキーワードがレイの中で浮かび上がる。だがその中で、一番引っかかったのは。

『上手に歌うコツは』

バラバラだったピースが一気に繋がり、一つの仮説が浮かび上がる。

「……スレイプニル」

『なんだ』

「一つだけ聞いてもいいか」

レイは震える声でスレイプニルに問う。

「水鱗王、バハムートは人間と同じくらい複雑な術式を組むことができるか？」

『……造作ないだろうな』

瞬間、レイは無意識に駆け出していた。脳裏には最悪のシナリオが浮かび上がる。

「クソッ！　最悪だ！」

レイはグリモリーダーを操作し、チームの全員に通信を繋げた。

「みんな、聞こえるか！」

『レイさん、どうかしたのですか？』

「マリーか、ちょうどいい！　皆と協力してメアリーを捜してくれ！」

『メアリーさんがどうかしたんですか？』

「ガミジンの次の狙いが分かったんだ！　アイツの狙いはメアリーだ！」

グリモリーダーの向こうからオリーブの驚愕の声が漏れ聞こえる。

『何故メアリーさんが!?』

「あの子がハグレだったんだ！　幽霊が一番捜し回っていた魂なんだ！」

『ハグレ？』

「いいかマリー、落ち着いて聞いてくれ」

そしてレイはマリーに、辿り着いた真実を告げた。

「あの子は……メアリーはもう、死んでいる！」

冷静に、落ち着いて考えれば、ヒントは確かにあった。

「アリスは最初から失敗なんてしていなかったんだ」

魔力越しでなければ視認できない幽霊を、メアリーは生身で認識していた事。

一瞬とはいえ、スレイプニルが水鱗王と気配を間違えた事。

細かい対象設定をしていたアリスの魔法に巻き込まれていた事。

（そして水鱗王の知性の高さっ……考えられる可能性は一つ！）

メアリーはバハムートが作り出した幽霊。そう考えれば他の事にも説明がつく。

何故、メアリーだけが水鱗王の声を聞けたのか。

(おそらくメアリーは水鱗王の契約者)

何故、メアリーの声でボーツが動きを止めたのか。

(幽霊の製造元は水鱗王バハムート。その魔力で身体が構成されていた幽霊は、契約者であるメアリーの命令を聞く特性を持っていた)

それだけではない。状況から考えるに、十中八九バハムートは敵の手に堕ちている。

いや、それどころか既に最悪のパターンである可能性もある。

(だけど何より、ガミジンに気づかれている可能性が高い！)

逃げる直前に浮かべていた、ガミジンの喜々とした表情が脳裏に浮かぶ。

おそらく気づかれている。そして狙ってくる。

それもその筈。教会で見つけた論文と同じ事をガミジンが実行に移しているのだとすれば、バハムートの支配を妨害しているのは他ならないメアリーだ。

「上手に歌うコツは『歌い終わった歌詞を頭の中に浮かべながら歌うこと』か。歴代の歌い手さんはよく考えたもんだよ！」

通常思考と遅延思考による、魔法術式の並列処理。銃を扱う操獣者にとっては基本的なスキルの一つだ。魔力弾の外装を通常思考で作り上げ、中に含める細かな術式を遅延思考で混ぜ込む。メアリーがやっていたのはこれの応用技だ。

レイはスレイプニルに教えてもらった、水鱗歌の歌詞を頭に浮かべる。

栄えよ、汝が国よ。

広がれ、汝が海よ。

さざ波、汝を祝い。

臣らが、仕えるは。

優しき、水鱗王。

（この歌詞を、同じ発音をする魔法文字に置き換えて、術式として捉えると）

そうすると出てくるのは拘束と隷属、そして鎮静の術式。

「間違いない、水鱗歌はバハムートの制御呪言も兼ねているんだ！」

この世界に存在する魔獣には、契約した人間だけが使える強制制御の呪文が存在している。それが【制御呪言】。

魔獣にとって契約を交わすという事は、自身の身体を支配する力を与えるに等しい。故に魔獣との契約は相応の信頼関係、もしくは波長の合った者同士でしか成り立たない。

つまりバハムートはメアリーの歌を聞いてあげていたのではない。

メアリーに歌って貰うことで、自分自身が幽霊を作り出すのを防いでもらっていたのだ。

そうであれば先日の「漏れちゃった」の一件も理解できる。

そんな邪魔者以外の何物でもないメアリーを、あのガミジンが放っておくとは到底考えられなかった。レイは必死に街中を駆けまわる。一秒でも早く、そしてガミジンよりも先に彼女を見つけ出さねばならない。

空には巨鳥の影。ライラに頼み込んで、彼女には空から捜してもらっている。

だがグリモリーダーにはまだ通信が来ていない。向こうもまだ見つけていないのだろう。

そしてそれは他のメンバーとレイ自身も同じであった。

「クソっ、全然見つからねー！」

街道を駆けて、広場を抜けて、市場を慌しく見回る。

だがメアリーの姿はみつからない。ならば発想を変えるまで。

「目で駄目なら耳で捜してやる！　Ｃｏｄｅ：シルバー、解放！　クロス・モーフィング！」

グリモリーダーに獣魂栞(ソウルマーク)を挿入し、変身する。

武闘王波(ぶとうおうは)は常在発動型の強化魔法。レイは全ての力を聴覚強化に振り切った。

人の声、獣の足音、風の音……それら音の輪郭がハッキリとしていく。

鮮明化した音達の中から、レイは目当ての音を捜し出す。

（どこだ……どこで歌っている……）

記憶に新しいあの歌声を手探る。音は点のイメージとなって軌跡を描いていく。

捜して捜して……そして。

「さーかーえーよー、なーがーくによー♪」

「見つけた！」

『西側三十六度、港の方だ』

「サポートサンキュ」

聞こえた歌声を辿るように、レイは強化された脚力で街を駆け抜ける。

そしてものの数分で港に着いたレイは、すぐに港の中を捜し始めた。

変身した状態で人混みをかき分けるので好奇の視線が突き刺さるが、今は構っていられる時ではない。耳に集中力を割いてメアリーを捜す。

『いたぞ』

スレイプニルに促されるように視線を移動させる。

そこには金髪と三つ編みが特徴的な少女が歌を歌っていた。

「見つけた、メアリー！」

変身した状態で近づいたせいか一瞬警戒されたが、メアリーはすぐにレイだと察した。

「あ、おにーさん。なんで変身してるの？」

「メアリー……色々と話さないといけない事が――ッ!?」

純粋な目で見てくる少女に酷な事を伝えないといけない。レイがそんな感傷に浸ったのもつかの間。メアリーの背後の空間が裂けて、そこから白く長い異形の腕が伸びて来た。

「危ない！」

レイは咄嗟にメアリーの身を引き寄せ、コンパスブラスター〈剣撃形〉で伸びて来た腕を斬りつけた。一瞬の怯みが出る腕。裂け目は一気に巨大化し、向こう側から蛇の悪魔ガミジンが姿を現した。

「ふむ、一瞬遅れてしまったか」

「メアリー、下がってろ……」

メアリーを自分の背に隠す。その後ろからは、突如現れた異形を見てパニックに陥った人々の悲鳴が聞こえて来る。だがそんな物は気にも留めないといった様子で、ガミジンはニヤニヤとこちらを見つめて来た。

「おやおや。わざわざその娘を私から隠すとは、何かにたどり着きでもしたか？」

「だったらどうする。お前の研究室は全部見せてもらった。ゴエティアは外道の集団ってのは間違いじゃないらしいな。あんな胸糞悪いもん作りやがって……」

「小僧……貴様我らを愚弄する気か」

「外道に外道と言っただけだ」

その言葉で激昂したのか、顔を赤く染め上げるガミジン。力任せに腕を伸ばしレイに襲いかかるが、安直な軌道だったので、メアリーを抱えた状態で簡単に避けられてしまう。

「説法の価値もない餓鬼が！」

「テメーには言われたくねーよ、生臭クソ司祭」

ガミジンの攻撃を回避して、後退しながら軽口を叩く。

ある程度の距離を取ると、レイはメアリーを下ろしてこう言った。

「そこでジッとしてろよ」

無言で頷くメアリーを見て「よし」と呟く。レイはコンパスブラスターを棒術形態にして、ガミジンの前へと立ちはだかった。弧を描き襲い掛かってくる腕を、次々と薙ぎ落としていく。魔力を帯びた棒身がぶつかる度に、ガミジンの腕に小さなダメージが蓄積していった。

「グゥ！　ならばこれで！」

唸り声を上げたガミジンは、その巨大な尻尾を振るい、レイに叩きつけてきた。

瞬時にコンパスブラスターを地面に突き刺して防御するレイ。ガミジンの尻尾はコンパスブラスターで受け止められたが、勢いを殺しきれず地面に数十㎝の爪痕を作ってしまった。両腕にも衝撃のダメージが伝わってくる。

隙が出来てしまった。それを見逃すこと無く、ガミジンはがら空きになったレイの身体を強打した。近くの建物まで、レイは大きく吹き飛ばされる。これ幸いとガミジンはメアリーに近づこうとするが、吹き飛ばされてなお、レイの眼はガミジンを捉えていた。

「形態変化、銃撃形態！」

瓦礫の下から飛び出し、メアリーに近づくガミジンを銃撃する。

「諦めの悪い……」

「諦めたら終わるからな」

咄嗟に組んだ魔力弾だったので威力は高くない。ガミジンの身体に碌な傷を負わせてもいない。だがそれでも、注意を引ければ十分だ。

レイは再びコンパスブラスターを剣撃形態にして、ガミジンに駆け寄る。

最大出力での銀牙一閃を使えばガミジンは倒せるかもしれない。しかしそれをすれば余波で周囲に大きな被害をもたらしてしまう。特にバハムートが精巧に作り上げた魔力の身体を持つメアリーは間違いなく崩壊してしまう。それだけは避けたい。

「どらァァァ！」

「ええい、しつこい！」

「蛇野郎にゃ言われたくねーよ！」

強化した腕力を添えて斬りつけるが、ガミジンの鉄のような皮膚は中々突破できない。

自分一人では恐らく倒せない。だがこれだけ派手に暴れているのであれば間違いなくライラ達も気づいている筈。少し耐えれば仲間がくると信じる。その少しの時間を稼ぐためにも、今は剣を振るい続ける他ない。周りに被害が出ないように気を付けながら、レイは戦い続ける。

「全く、奇怪な童だ。あの部屋の論文を読んだのなら理解できるだろう。最早貴様らに出来る事などありはしない！」

「んなもん、やってみなきゃ分かんねーだろ！」

「自分の命から目を背けるか。あの小娘一人差し出せば寿命も延びるというもの」

「嫌だね、そっちの方が後味悪いっ」

「やはり説法の価値もない阿呆かァァァ！」

固い皮膚とコンパスブラスターの刃がぶつかる音が鳴り続ける。

あと少し、あと少し時間を稼げれば……そう思った矢先の事であった。

「ジャァァァァァァァァ！」

ガミジンが大口を開けて首を勢いよく伸ばして来たのだ。

そして……ガブリ！

「カっはッ!?」

蛇の牙が、レイの脇腹に深々と突き刺さった。

一瞬の衝撃の後、凄まじい悪寒と痺れが全身を駆け巡る。

（これ……毒）

グチャグチャとかき混ぜられるような感覚に襲われる頭。そんな中で辛うじてレイは武闘王波の強化を免疫力に割り振るが、既に全身に回った毒が身体の制御を奪い取っていた。

『レイ！』

「おにーさん!?」

膝から地面に倒れ込むレイ。毒のダメージが大きかったせいで、変身も強制解除されてしまった。免疫強化はまだ残っていたが、全身が痺れて身動きが取れない。

「そこで永遠に寝ていろ」

ズルズルと眼の前を張って進むガミジン。その足は、怯えて身動きがとれないでいるメアリーに向かっていた。「止めろ」「逃げろ」と声をかけようにも、喉と口が痺れて動かない。ガミジンは腕をスルスルと伸ばして、メアリーの身体に巻き付けた。

「はーなーしーてー！」

「駄目だ。お前には色々と用があるのでな」

巻きつけた腕ごとメアリーの身体を持ち上げるガミジン。

そのまま場を去ろうとするが、何かがガミジンの尻尾を摑んできた。

「は……な……せ……」

レイの腕だった。毒の痺れを無理矢理抑え込んで、腕を動かしてきたのだ。

「しつこいぞ、童」

だが所詮は弱々しい握り。

ガミジンが軽く尻尾を振ると、容易くレイの身体は地面を転げてしまった。

「大人しくしていろ」

悲鳴を上げそうになったメアリーの口に尻尾が巻き付いて塞ぐ。

そしてガミジンがダークドライバーを一振りすると、空間に大きな裂け目が現れた。

「残り少ない生、せいぜい楽しむのだな」

そう吐き捨てると、ガミジンはメアリーを連れて裂け目の中へと姿を消した。

(ド……畜生……)

何もできなかった。時間稼ぎすらままならなかった。

自分の無力さに苛立ちを覚えながら、レイは意識を手放した。

◆

生ぬるい空気と淡い蠟燭の明かり。

そして磯の香りと腐敗した木材の異臭。

ここは幽霊船の一室。メアリーはボロボロの椅子に縛り付けられた状態で目を覚ました。

「あれ、わたし……」

辺りを見回すも、眼に入るのは不気味な船室のみ。

いや、どこか見覚えがあるような気もするが、今のメアリーはそれどころでは無かった。

「んしょ、んしょ」

自分を縛り付けている縄から逃れようと、懸命に身体をもがかせる。が、所詮は幼子。

きつく縛られた荒縄はビクともしない。それでも諦めずに脱出を試みていると、扉が開き、
その向こうから蛇の怪物がやってきた。

「気分はどうかな？　お嬢さん」

「これほどいて！」

「それはできん。君には色々と話があるからな」

怪物、ガミジンはズルズルと蛇の身体を這わせて近寄ってくる。

「さて、君はどこまで知っているのかな？」

「……なにを？」

「水鱗王の事やこの船の事……いや、五年前の事故の方が先か」

そう言うとガミジンはグッと顔を近づけて、メアリーをジロジロと見始めた。

「ふむ、ふむ……なるほど、やはり見間違いではなかったか」

一人で納得し、満足気な笑みを浮かべるガミジンに怯えるメアリー。

「君のご両親は船乗りだったな。そうだろう？」

「うん……」

「そして君はご両親、そして祖父と共に船に乗る事になった」

「うん、なんで知ってるの？」

「私が同じ船に乗っていたからだ、メアリー・ライス。そして君とはその船で出会った」

「知らない……わたし、あなたなんか知らない」

「ふむ、記憶は不完全か。なら思い出させるまでよ」

するとガミジンは変身を解き、ふくよかな司祭の姿に戻った。

「船では君のご両親やお爺さんと色々話をさせてもらったよ。特に君のお爺さんとは古い知り合いだったのでな。もっとも、君は来たる水鱗祭に備えて歌の練習にご執心だったが」

「……」

「しかし私にとっては天使の歌声だったよ。何せ君が歌ってくれたおかげで計画を早く実行する事ができたのだからね」

「なに言ってるの？」

「君は既に船に乗っていた。そして君が歌った事でバハムートは船に寄って来た」

その言葉を聞いてメアリーは周りを見回す。ボロボロに朽ちている船室。だが見覚えがある。メアリーの中で沸々と記憶が洪水の様に蘇ってきた。

「そうだ……わたし、お父さん達と船に乗って……」

「思い出したかね？　そして君はバハムートと戯れていた」

「王さま、王さまが途中までついて来てくれたから、歌を聞いてもらった……」

「そうだ……その後は？」

下卑た笑みを浮かべて、ガミジンは追及する。メアリーは自身の記憶を確かめるように思い返す。しかし歌った後の事を思い出そうとすると、鼓動が速くなってしまう。何故だろう、思い出してはいけない気がする。とても怖い事があった気がする。想起する事を拒絶しようとするメアリー。しかしガミジンはそれを許さなかった。

「歌った後……君のご両親はどうなったのかなぁ？」

「お父さんと、お母さん……」

そして、思い出してしまった。

歌い終わると同時に船が大きく揺れた事。

船が大きな何かに襲われた事。

大人たちがパニックに陥って逃げ惑っていた事。

襲ってきた何かに大人達が殺された事。

そして自分が、両親の血を浴びた事。

「あ……あぁぁ」

思い出す。王さまが戦ってくれたけど、負けてしまった事。

自分の身体に、大きな何かが突き刺さった感触を。

メアリーは思い出してしまった。

「わ、わたし……もう……」

「そうだ、君はもう死んでいる。だが嘆く事はない。君が歌ってくれたおかげで、私の計画は良い方向に向かっているのだからな」

「え？」

「君が歌ってくれたおかげで素体が早く手に入った。外骨格に船を襲わせて燃料となる魂も手に入った。これを感謝せずしてどうする」

「なに……言ってるの？」

「分からないかね？　私は君のおかげで、君達を殺せたと言いたいのだよ」

頭を打たれたような衝撃がメアリーを襲う。

そして身体から抵抗の力と気力が止めどなく抜け落ちていった。

自分が両親達を死なせる原因となっていた事実に、メアリーは耐えられず涙を流した。

「な……んで」

「重いかね、自分の罪が……だが心配する事はない。私がその罪から解放してあげよう」

ガミジンはダークドライバーを掲げて再び悪魔へと姿を変える。

そしてその鋭い蛇の牙で、メアリーの身体を貫いた。

痛みは感じなかった。ただ噛まれた場所からボロボロと、メアリーの身体は崩れて散って……最後には、小さな魂の光だけがふよふよとその場に浮いて残っていた。

ガミジンはカンテラを取り出して、その蓋を開ける。

このカンテラの名は『魂の牢獄』。肉体を失った魂を閉じ込める為に造られた、ゴエティアの魔道具。浮かんでいる光に牢獄を近づけると、メアリーの魂は吸い込まれるように、牢獄の中へと閉じ込められた。

「ふふふ……フゥゥハハハハハハハハハハハハ！！！」

おぞましく喜びの声を上げるガミジン。その顔は達成感に満ち溢れていた。

「これで最後の障害は無くなった！　後は船を起動させて魂を狩り取るのみ！」

ガミジンは子供の様にはしゃぎながら、舵輪のある甲板へと向かう。

「もう小細工で誤魔化す必要はない！　バミューダの人間を皆殺しにして、私はこの義体を完成させるのだ！　そうすれば陛下の覚えも良くなるというものォ！」

力一杯に舵輪を回すと、幽霊船は意思を持った生物の様に動き始めた。

「さぁ行け幽霊共！　私の出世の為に働くがいいわ！」

◆

レイが目を覚ますと、空はどこかの天井になっていた。

「よかった、気が付いた」

「アリス？　そうだ、ガミジンのやつ！」

「まだ起きちゃダメ。毒が抜けてない」

変身しているアリスに促されて初めて、レイは自分が宿屋のベッドに寝ていると気づいた。周りにはチームの仲間達が心配そうにこちらを覗き込んでいる。

「何があったの」

フレイアに問われたレイは、先ほどまでの事を語り始めた。

メアリーがガミジンの捜していたハグレであった事。ガミジンの研究室にあった魔導兵器の論文の事。ガミジンと戦闘した事。そしてガミジンにメアリーが攫われた事を。

「俺の判断ミスだ。もっと早く皆を呼ぶべきだった」

「終わった事を言っても仕方ありませんわ」

「そうそう。とりあえず今はあのガミジンって奴をどうにかしなきゃっス」

「ですが本当にメアリーさんが鍵でしたら……」

「幽霊船、完成してるかも」

アリスの一言で場の空気が一気に重くなる。

「……でも、物は考えようじゃないっスか？　レイ君が見つけた論文の通りなら、幽霊船を完成させる為に膨大な魂を狩り取る必要があるはずっス」

「ここはあえて、向こうから動いてくるのを待つって訳か……確かにそうだな」

「あの空間の裂け目に逃げられてはどうしようもありませんが、向こうから出向いてくださるのなら」

「アタシ達にも勝機はあるってね！」

少し希望が見えた気がした。レイは肩から重しが外れる様な感覚を味わう。

気づけば治療も終わり、アリスは変身を解除していた。

「はい終わり。でも無茶はダメ」

「サンキュ、アリス」

『レイ、これからどうする』

「そうだね、今回はレイが主体で動く事になっているし」

フレアはレイに視線を向ける。

「今ライラが言ってたように、向こうが動き出すのを待つ。どの道空間の裂け目にはどうもできないからな。あとは……」

「あとは？」

「いや、なんでもない」

疑問符を浮かべるフレイアから目を背けてレイは少し俯く。内心少し悩んでいたのだ。

幽霊船を破壊して、ガミジンを倒せば狩られた魂も解放される。

だがそれで完全に元に戻るのは肉体が現存している魂だけ。

メアリーの様に年単位で彷徨（さまよ）っていた魂は、間違いなく肉体が残っていない。

そんな人たちも含めて救うにはどうすれば良いのか、レイは少し頭を抱えていた。

「そういえば、今何時だ？」

「えっと、夜の八時っスね」

レイは驚いて窓の外を見る。外は黒々とした夜が広がっていた。

嫌な予感がする。レイがベッドから飛び降りようとした次の瞬間、窓の外から多数の悲鳴が聞こえて来た。

「フレイア！」

「言われなくても！　行くよみんな！」

チームの面々は大急ぎで宿の外に出る。するとそこには街を包む霧と、空を覆い隠す程大量の幽霊。悲鳴を上げた人々は突然現れた幽霊に恐れを抱き、逃げ惑っていた。

「ちょっ、変身してないのに幽霊見えるんスけど!?」

「それに街の人も気絶していませんわ」

「いよいよ本格的に魂狩りを始めたって事か。もう隠す必要も無いんだろうよ」

レイはグリモリーダーと銀色の獣魂栞（ソウルマーク）を構える。

「今は口でどうこう言ってても仕方ない。みんな、いくぞ！」

「「「応ッ！　クロス・モーフィング！」」」

同時に変身して魔装を身に纏うレイ達。

　ここまでの連戦で幽霊への対処方法は分かりきっている。レイはコンパスブラスターを銃撃形態にして、他のメンバーも各々魔力に特化した攻撃で幽霊を討ち取っていく。

「どらぁ！」

　男性に大鎌を向けて来た幽霊を撃ち落とすレイ。

「今の内に逃げろ！」

「は、はい」

　レイの指示通りに近くの建物に逃げ込む男性。

「コンフュージョン・カーテン」

「雷手裏剣！」

　アリスの魔法で幽霊の動きを止めて、ライラの魔法で一掃していく。

　だがそれでも幽霊の数は減る気配を見せない。

「これじゃあキリが無いわね！」

「溜め込んでた幽霊全部吐いてるだろうよ！」

　終わりの見えない幽霊に愚痴を零すフレイアとレイ。

　だが実際問題、このままではジリ貧になりそうだった。

「やっぱり、元を断たないと駄目」

「ですがこの幽霊を放置しては街の方々が」

「いやアリスの言う通りだ。確かに幽霊を放置したら街の人達の魂が狩られる。でも幽霊船を壊して、ガミジンを倒せば捕まった魂も元の肉体に戻るはず」

「つまり幽霊船を攻めた方が良い結果になる」

「アリス正解」

そうと決まれば幽霊船に乗り込むまで。だがレイ達が行動に移そうとした瞬間……

「もうヤダなー。そこまでバレて行かせるわけないじゃーん」

声のした方に振り向くと、そこにはピンク髪の少女。

忘れる筈も無い、ガミジンの協力者パイモンだ。

「てめぇ、また邪魔しに来たのか」

「仕方ないもーん、それが私のお仕事なんだもーん」

プンスカプンとパイモンは可愛らしく頰を膨らませるが、レイは仮面越しに容赦なく睨みつける。

「キースおじ様の時は散々な目にあったけどぉ〜、今回はそういかないよーだ」

そう言うとパイモンは一つの小樽を取り出し、その蓋を開けた。

「お前、それは!?」

「ガミジンおじ様も使ってたから知ってるでしょ♪　キースおじ様が作ったお土産」

樽を逆さにし、中身を地面にぶちまけるパイモン。

撒かれたデコイインクはゴポゴポと音を立てて、人量のボーツを生み出した。

「はーい！　それじゃあ足止めよろぴく～♪」

パイモンの号令に合わせるかのように、ボーツの大群は一斉に襲い掛かって来た。

レイも咄嗟にコンパスブラスターを剣撃形態にして応戦する。

「ボォォォォォォツ！」

「ぐッ！」

ボーツの硬質化した腕を受け流すレイ。一瞬の隙を衝いて、胴体から両断する。

他のメンバーも同じくボーツの攻撃をいなし、迎撃し、討ち取っていく。

だがその間隙を衝くように、幽霊が襲い掛かってくる。

「クッソ、邪魔ァ！」

コンパスブラスターの刃に魔力を纏わせて、レイは両方と戦う。

しかしそれでも数が多すぎる。

レイがどうしたものかと考えていると……

「レイ、先に行って！」

「フレイア。でも」

「ここはボクと姉御に任せて、レイ君の道はボク達が作るっス」

迷ってしまう。この数の敵を任せて大丈夫なのかと。

『レイ、彼女達を信じよう』

「スレイプニル……分かった。マリー一緒に来てくれ！」

「はい！　分かりましたわ」

「アリスは勝手について行く」

レイの後ろをトコトコとついて来るアリス。

正直こうなる事は予測済みで名前を呼ばなかった節もある。

「「「ボッツ、ボッツ、ボッツ」」」

「邪魔はさせない！」

道を阻むボーツや幽霊。フレイアは籠手(こて)から放った炎で、それらを焼き払う。

そして残りはレイ達が自分の力で迎撃していく。

「行かせると思ってるのかにゃ〜。トランス」

パイモンがダークドライバーを掲げて変身しようとした瞬間、雷の刃がダークドファイバーを弾き(はじ)飛ばした。

「悪いけど、お前の相手はボクっス！」

「サイテー……」

苛立(いらだ)った表情でライラを睨みつけるパイモン。

だがその一瞬の隙が、前へ進むチャンスとなった。パイモンを横切ってその場を後にするレイ達。後を追おうとするパイモンだが、ダークドライバーを弾き飛ばされて変身もできずにいた。

街道を走り抜けるレイ達。

やはり道中もボーツや幽霊が襲い掛かってくるが、最小限の攻撃で突き進んでいく。

「やっぱコイツら邪魔！」

「じゃあ追ってこられない速度で行く」

そう言うとアリスは、グリモリーダーの十字架を操作した。

「融合召喚、カーバンクル！」

グリモリーダーからインクが放たれて巨大な魔法陣を描き出す。

それと同時に、ロキの魔力とアリスの肉体が急激に混ぜ合わさっていく。

『キュウウウウウウウウウウウ、イィィィィィィィィィィィ！』

魔法陣が消え、巨大な鎧装獣と化したロキが街道に現れた。

『みんな背中に乗って。空から行く』

「キュ－イキュ－イ！」

「さっすが俺の幼馴染。話が早くて助かる」

レイ達が背中に乗った事を確認すると、ロキは身の丈程もある大きな耳を羽ばたかせ始める。襲い掛かるボーツや幽霊も、その風圧で軽く吹き飛んでしまった。

「キュウウウウウウイィィィィィィ！」

大きな鳴き声を上げて、ロキは大空に飛び立つ。そしてレイは強化した視力で、空から海を見つめた。見えたのは海に佇む不気味なガレオン船の姿。間違いない、幽霊船だ。

「アリス！　幽霊船まで全速前進で頼む！」

『りょーかい』

「これは、腹を括(くく)って弾込めをしないといけませんわね。興奮してきましたわ」

マリーの性癖全開発言を、レイとアリスはスルーする。

「よし……突入だ」

ロキは巨大な耳を羽ばたかせ、猛スピードで前進していった。

数分後。無数の幽霊を街に解き放っている幽霊船の船尾からは煙が噴き出ていた。

「確かに、突入とは言いましたけど……」

「アリス、突撃しろとは一言も言ってないぞ」

『でも中に入れたから結果オーライ』

海に出た直後、幽霊船からの迎撃を浴びそうになったロキ（アリス）は、急加速して船体に体当たりを仕掛けたのだ。結果、幽霊船にめり込むような形で突入した。

少々荒っぽいやり方に小言を言いながら、レイはロキから下りる。全員が下りた事を確認すると、ロキの身体(からだ)が輝き出し魔装を身に纏ったアリスの姿へと戻った。

「しっかし派手に穴開けちまったな〜。こりゃガミジンの奴(やつ)に見つかるぞ」

「レイ、どの道見つける予定」

「そりゃあそうだけどよ」

「あら、アリスさん身体に血が」

マリーの指摘で自分の身体を確認するアリス。

肩や腹部に幾らかの血が付着していた。

「さっきの突撃で怪我したのか？」

「違う。これ、アリスの血じゃない」

身体についた血をアリスは面倒くさそうに拭い取る。

レイとマリーは出血していない。ではこの血は何処から来たのだろうか。

レイが周辺を見回すと、先程ロキが突撃して壊れた船体の断面が目に入った。

一見すると何の変哲もない、朽ちて壊れた船体の断面。

だがよくよく注視すると、その断面から赤黒い血が滲みだしていた。

「なんだか気味が悪いですわね」

「……そうだな」

レイは無言でその断面を見続ける。血の持ち主に心当たりはあった。だがそれを口に出すのがどこか怖かった。言ってしまえば本当の事になりそうだったから。

船の中はあちこちボロボロで腐っており、ぱっと見はただの廃船。

だが部屋の中等を確認してみれば、腐って溶けた食料や航海日誌が転がっており。かつてこの船に人が居たであろう痕跡が生々しく残されていた。腐敗した木材の嫌な臭いと潮の香りが混ざった空気。床はギチギチと不安感を煽る音を立ててくる。

「今更ですけど、この船よく沈みませんわね」

「多分ガレオン船はガワだ。全体を浮かべてるのはメインとなる魔導兵器、もしくは

「……」

「もしくは？」

足を止め、レイは船室を一つ覗き込む。そこには僅かに腐肉が付着した人骨が転がっていた。マリーは小さく声を上げて驚いていたが、レイには想定内でもあった。

「小説に出てくる幽霊船にはよく出てきますが、そこまでお約束を守らないでくださいな」

マリーの文句を背に、レイは白骨化死体に近づく。服は着た状態。大きな襟付きの水兵服、恐らく元々この船に乗っていた船乗りの遺体だろう。レイが服の中を探ってみると、一つのタグが出て来た。所属する船を示したタグだ。軍の紋が入っていないという事は商船だろう。海賊ならそもそもタグをつけない。

（商船……恐らく五年前に行方不明になったっていう船）

船室にある白骨死体はこれだけではない。レイは近くに倒れていた死体に近づく。

（ん？　絵か）

その死体が手にしていた一枚の紙をレイは確認する。便箋くらいの大きさの紙だ。恐らく魔法で描かれたのであろう繊細な絵が目に入る。

「……そうか。この人は」

白骨死体の頭部には老眼鏡がある。そして紙に描かれているのは三人の家族画。

あの廃墟で見たものと同じだ。つまり……

「ルドルフ・ライス教授。ガミジンに殺されたんだな」

その名前が出た瞬間、マリーは驚いた。慌てて彼女も絵を確認する。

「確かに……あの絵ですわ」

「やっぱりメアリーは死んでいるんだろうな。ガミジン……悪趣味な奴だ」

胸糞悪さを覚えながら、レイはそう吐き捨てる。

遺体に一礼してから、更に先へと進む三人。一秒でも早くガミジンを倒さねばならないと、レイ達は無言で通じ合っていた。

他の部屋も調べてみるが、どこも似たり寄ったり。たまに新しい白骨死体を見つけるくらいだ。そして、幽霊船の中を進むと言う事は案の定……

「まぁ、出てくるよな」

「流石にもう動揺しませんわ」

「幽霊慣れ」

壁の向こうからうじゃうじゃと湧いて出てくる幽霊達。魂が欲しいのか両手を伸ばして、こちらに襲い掛かってくる。レイ達は各々武器を構えて、幽霊に立ち向かった。

「コンフュージョン・カーテン」

「そーらよ！」

「合法的に撃ちまくりですわぁぁぁ！」

アリスが幽霊の動きを止めて、レイとマリーが魔力弾で撃ち落とす。

順調に幽霊を撃破していくのだが。

「もっともっともっとですわぁぁぁ！　わたくしの弾で貫かれてくださいまし！」

「おいマリー！　もう少し加減しろ！」

「それは無理な相談ですわぁぁぁ！　この快楽には抗(あらが)えませんわぁぁぁ！」

「いや、ここボロボロの船なんだよ！　そんな無暗(むやみ)に魔力弾を撃ちまくったら」

バキバキ！　聞きたくない音がレイの耳に入って来る。

マリーの撃った魔力弾は、確かに幽霊を撃破していった。しかしその威力は普通の敵相手のものと同じ。幽霊の身体を貫いた魔力弾は、そのまま船体を内側から破壊する。

当然破壊された船体には床も含まれるわけで……

「あら？　あらあらあらあら～」

「この馬鹿銃撃手(ガンナー)ァァァ！」

崩壊する床。三人の操獣者はそのまま落下していく。

「はい、着地せーこう」

数秒後、アリスは着地に成功し、レイは背中から床にめり込む。

「せ、背中が痛……ゴフッ!?」

起き上がろうとするレイの顔面に、柔らかい双球が墜落してくる。

マリーが胸からレイの顔面に落ちてきたのだ。

「あいたた……皆様ご無事ですか？」

「無事だから早く退いてくれ。絵面がヤバい」

状況に気付いたマリーは慌ててレイから離れる。

思春期男子の心臓はまだバクバクしていたが、アリスの視線に気づくや即座に平常心に戻った。仮面越しでも伝わる冷たさを混ぜた視線が、レイの肌にピリピリと突き刺さる。

幽霊に魂を持っていかれる前に、この冷たい視線で昇天しそうだった。

「あら？　レイさん起き上がらないのですか？」

仰向けになったまま起き上がらないレイに心配の声をかけるマリー。するとレイは何も言わず、自分たちが落ちて来た上を指さした。

そこは先程まで幽霊の大群が居た場所。だが今は無数の光の玉が浮かんでは消えゆくばかりであった。

「あれ……魂の光」

「全部、元は生きた人間だったんだろうな」

ガミジンの姦計にかかり、命を落とした無辜の民達。魂の光がゆっくりと消えているのは、天に召されたからだと信じたい。レイはそう思わずにはいられなかった。

だが同時に思う事もある。

（幽霊の魂を解放する。でも解放された魂はどうなる。帰るべき肉体が無ければ魂は……）

答えが分からない問いに頭を悩ませながら、レイは起き上がる。

「あれ？　二人ともなんか妙に静か……」

急に静かになった二人の方を向く。その瞬間、レイも言葉を失った。

視界に入ったのは静かに棒立ちするアリスとマリー。そして凄まじい存在感と共に居座っている巨大な心臓であった。

「なんだ……これ」

「えっと、な、内蔵でしょうか？」

「形的に多分心臓」

「救護術士、解説サンキュ」

レイは恐る恐る巨大な心臓に近づいてみる。ドクンドクンと鼓動を立てているが、心臓から繋がっている筈の血管は無く、代わりに無数のチューブが繋がっている。生きていると言うよりも、無理矢理生かされているという印象。

更に近づいてみると、レイの鼻腔を魔力の匂いがくすぐる。間違いない、幽霊やメアリーと同じ匂いだ。

『まさかとは思っていたが、実際に目にしてなお受け入れがたいな』

「スレイプニル？」

『だが眼前にあるその姿こそが真実なのであろう……水鱗王、バハムートよ』

スレイプニルの言葉に驚愕するレイ。眼の前にある心臓はバハムートの物だとは思いもしなかった。だが一方で、レイはどこか納得もしていた。

「可能性としては、考えていたけどな……実際目にすると」

どう言い表していいのか言葉に詰まる。

「あの、レイさん……可能性ってどんな可能性を？」

「バハムートが肉体だけ死んでるって可能性だ」

「肉体だけ？」

「なぁスレイプニル、バハムートが音を出すのって頭で合ってたよな？　ちょっと頭まで移動するから、声かけて」

『その必要はない、人の子よ』

突如、レイ達の頭の中に何者かの声が聞こえて来た。

耳に入るといった感じではない、頭の中に音を入れられた感じだった。

『久しいな、戦騎王よ。お前にこのような無様を晒してしまうのが口惜しくてならん』

『やはり貴殿であったか、水鱗王よ』

「え、これどうやって話してんだ？」

『驚かせてすまんな。そなた達の頭に直接音を届けさせてもらっている』

「本当に水鱗王なのですか？　わたくしには、とても生きているとは思えない心臓しか見えないのですが」

『それは間違いでもあり、正解でもある。小生の肉体は今、知的生命体としては死んでいるも同然の状態だ』

『水鱗王よ、何があった』

スレイプニルの質問を受けて、バハムートはポツリポツリと語り始めた。

五年前バミューダを発った商船と共に、ガミジンの魔導兵器から襲撃を受けた事。

その兵器との戦いに敗れて、一度は命を落とした事。

『死した小生の肉体は彼奴の兵器の一部となった。より多くの人間を殺す為のな』

「ある程度は想定してたけど……やっぱりそうだったか」

ガミジンの研究室で見つけた魔獣の死体の兵器転用に関する論文と設計図。

ここに来る途中、アリスの身体や壊れた船体についていた血はバハムートのもの。

状況から幽霊船の材料にバハムートが使われている可能性は考えていたレイだが、いざ眼の前に現実を突き付けられると言い表し難い気持ちに支配されていた。

「肉体が無ければ魂は定着できない。もしかしてガミジンは、水鱗王の一部を無理矢理生かして、強引に魂を定着させてるんじゃないのか」

『その通りだ人の子よ。今や小生の肉体は兵器の身体に、小生の魂は兵器の動力として利用されているにすぎん。現に今もこの心臓の中にはガミジンに殺された無辜の民達の魂が閉じ込められている』

バハムートの言葉を聞いて、レイは耳を澄ませてみる。

すると巨大な心音の中に、微かに人のうめき声が混じっているのが確認できた。

「ひでぇな」

『この牢獄はガミジンによって支配されている。我が魔力を利用して幽霊を創り出し、バミューダの民を殺めている。小生の力で、民をッ！』

自分自身への憎悪や悔しさを滲ませた声で、バハムートが叫ぶ。

心優しき水鱗王と謳われるだけあって、その博愛は本物なのだろう。

『死した小生に出来る事は殆ど無かった。だが小生は最後の力を振り絞って一つの賭けに出た。それが――』

「メアリー、アンタの契約者を逃がす事」

『そうだ。我が契約者メアリー・ライスの魂を逃がし、小生の魔力を以て義体を与えた。ガミジンの所業のおかげでこの策が思いついた事は皮肉としか言いようがないがな』

『だがそのおかげで、一時的とはいえ貴殿はガミジンの支配から逃れられた』

『だが小生の力が民を傷つけた。小生にはそれが耐えられん』

悲しみと涙。それが声だけでも伝わってくる。

「けどメアリーは今……」

『承知している。ガミジンの手に堕ちたのだな。この牢獄からも今までにない量の幽霊が解き放たれた。きっと今頃バミューダの地を蹂躙しているのであろう』

「すいません……俺がもっと強ければ」

『気に病むな人の子よ。彼奴の力は強大、一人では到底太刀打ちできん』

慰めの言葉をかけられるが、レイの心は自責の念に押しつぶされそうになる。

『戦騎王の契約者よ、頼みがある……小生を破壊してくれ』

「ッ!? 何言って」

『小生が滅びれば魔力も力を失う。魔力が朽ちれば幽霊も民を襲いはせん』

「けど壊せばアンタが死ぬぞ!」

『とうに肉体は朽ちている。このまま彼奴に弄ばれるくらいなら……』

　死を選んだ方が良い。だがレイにはその考えが受け入れ難かった。

『何を迷っている』

「まだ魂はそこに在るんだ。何とか死なせずに救う方法を考えて――」

『レイ、生かす事だけが救う事ではないのだぞ……たとえ生かしたとして、その先にある物が光とは限らんのだよ。特に心優しき知恵者である程にな』

「じゃあどうすれば」

『肉体を救う事ばかり見てはならない。魂を救う事を考えろ』

「魂を……」

　救う事とはいったい何か、改めて考えるレイ。

　今まではずっと、誰かの命を助ける事を重視していた。だがいま直面している事柄は、それでは解決できそうにない。このまま生き延びても、きっと水鱗王は自責の念に押しつぶされて苦しむ。民が赦(ゆる)しても、水鱗王自身が赦さないだろう。

『殺める事に抵抗があるのか』

「……あぁ」

『堪えろ。そして乗り越えろ。それがエドガーの背を追う者が背負うべき責任だ』

レイが仮面の下で唇を噛んでいると、窓の外から魔獣の鳴き声が聞こえて来た。

アリスとマリーが丸窓を開けて外を確認する。

そこには何匹かの海棲魔獣が切なそうな声を上げて、幽霊船を見ていた。

その周りには魔獣達がばら蒔いたであろう魔力が浮かんでいる。

『あの者達にも、苦労をかけてしまった……この船がいる今の海は、人間には危険過ぎる。あの者達は人間が海に近づかないように警告を発してくれていたのだよ』

「警告って……あの海に撒かれた魔力のことか」

『人間という生き物は異常というものを極端に恐れる。何の害が無くとも、ああやって魔力をやたら滅多らにばら撒けば、海に近づこうとはせん。そうすれば小生が海上の人間を襲う事もなくなる』

「そうだったのですか」

マリーが感嘆の声を上げる一方で、レイは丸窓の方へと歩み寄った。

窓の向こうを覗く。不安そうな声を上げるだけの海棲魔獣もいれば、幽霊船に体当たりを仕掛ける海棲魔獣もいる。まるで水鱗王の身を案じているかの様に。

「そういう事だったんだな」

「あの子達、最初から誰かに迷惑をかけようとしてたんじゃなくて」

「街と水鱗王を守ろうとしてたんだ」

　魔獣達の意図をようやく理解できたアリスとレイ。彼らは目の前で懸命に抵抗の意志を示す彼らに敬意を抱いた。恐らく彼らはバハムートが何をしようとしているか理解している。その上で、王の魂を汲み取ろうとしているのだ。

「バハムート！　本当に良いんだな」

『あぁ、構わぬ』

　罪と悲しみは、自分が肩代わりする。

　それが、レイ・クロウリーという少年が進もうとする道にあった答えだった。

「スレイプニル、ちょっと付き合ってくれよ」

『無論だ』

　レイはコンパスブラスターを逆手に持ち、構える。

　獣魂栞を挿入し、せめて一撃で葬ろうとする……しかし。

　ボッ！　短い衝撃と共に、足元の床が小さく抉り取られていた。

　この現象は見覚えがある。レイ達はソレが飛んできた方へと振り向く。

　そこに居たのはダークドライバーを手に持った歪な蛇の悪魔であった。

「やはり此処に居たか、童共」

「……ガミジン」

　蛇の頭がニタニタとこちらを見つめてくる。

「大人しく街で狩られていればよかったものを……余程無駄死にしたいらしいな。だが安心しなさい。お前達の死体と魂は私が有意義に活用してやる」

「何が有意義ですか。命を命とも思っていない外道の所業をしておいて」

　下卑た笑みで品定めをする様に見てくるガミジンに、怒り心頭するマリー。

　そしてレイ達は各々武器を構えて、臨戦態勢へと入った。

「……おいガミジン、一つ聞いてもいいか」

「なんだ小僧？」

「何でこんなもん造ったんだ。これだけの技術力があれば、表立って認められるような発明だってできただろ」

「知れた事。所詮私は外道学問の探究者」

「教会が認めないからこんな事したってのか？」

「それは違うな」

　意外な返答が飛んできて、レイは思わず口を半開きにする。

「教会なぞどうでも良い。目の前に可能性があったから試したまでの事。研究職の者なら誰にだって理解出来る筈だ」

「……分からねぇし、分かりたくもねーよ。その探究心のせいでどれだけの人間が死んだと思ってるんだ！」

「必要な犠牲だ。全ては大義を成す為の栄誉の贄……むしろ光栄に思って貰いたいものだがね」

「貴方、命を何だと思っているのですか!?」

「踏み台だ。どうせ我々が殲滅する命。ただ死ぬのが早いか遅いかの違いに過ぎん！」

「下種ヤロウ」

ガミジンのあまりの醜悪さに悪態を吐くアリス。この悪魔には殺人に対する忌避感がまるで存在しない。そしてその嫌悪感はレイ達も同じ様に抱いていた。

「で、ここまで大層なもんを造って、何処の国に売りつけるつもりなんだ？」

「売る？　そんな野蛮な事はせんよ。この義体は我々の故国に捧げるのみ。そして私は至上の褒美を貰う」

「褒美？」

「そうだ。誰もが羨む美味い飯、艶美な身体の女、莫大な金と権力！　この船を完成させた暁には、その全てが私の手中に入る！　その為に私は五年も努力してきたのだ」

宝物探しの夢を語る子供のように、嬉々爛々と語り出すガミジン。

その様を前にして、マリー達はいよいよ嫌悪感を隠せなくなった。

この悪魔は邪悪すぎる。目の前の蛇は底なしの強欲を孕んでいる。

「一瞬でもお前の中の人間に期待したのが馬鹿だったよ」

この悪魔は、此処で討たねばならない。

レイはコンパスブラスターの柄を握り締めて、その切っ先をガミジンに向けた。

「技術は、知恵は誰かを守る為の力だ！」

「ほざけ！　知識は願いを叶(かな)える為の力だ！」

「テメェは此処でぶっ潰す！」

「そんなに死にたいか小僧！　ならば早急に楽にしてやる！」

そう叫ぶとガミジンは、一本の注射器を取り出した。

中に入っているのは黒く禍々(まがまが)しい液体、魔僕呪(まぼくじゅ)。

ガミジンは注射器を握り締めると、自身の腕に勢いよく針を突き刺した。

「ヌゥウウウウウウオオォォォォォォォォ！！！」

魔僕呪の効能で魔力(インク)が活性化したせいか、ガミジンの肉体は見る見る巨大化していく。

あまりの光景に呆気(あっけ)にとられるレイ達。そしてものの数秒で、ガミジンの身体は二メートル超はあろうかという巨体へと変貌してしまった。

「海の上に逃げ道など存在せん！　ここで貴様ら全員殺してくれる！」

「レイ」

「あぁ、敵さん今回はマジらしいな」

「ですが逃げ道が無いのは向こうも同じ。それにここは街中ではありませんわ！」

そう、ここは幽霊船の内部。壊して困る様なものは存在しない。

「つまりこっちも思いっきり本気を出せるって訳だ！」

レイ達の身体の中で魔力が加速する。本気という事で気が一瞬にして引き締まった。

「フンヌゥゥゥゥゥゥ！」

「させるかよ！」

肥大化したガミジンの巨腕が、レイに襲い掛かる。が、それをレイは片手で受け止めてしまう。固有魔法で筋力強化されたレイにとって、この程度の物理攻撃は大した威力にはならない。受け止めた際の衝撃で床材が砕けるが、瞬時に跳んでレイは落下を回避する。

「今度はこっちだ！」

銀色の魔力が、レイの右拳に集中する。全力全開、容赦は必要ない。

「バースト・ナックル！」

強化された肉体が放つ高速の一撃。接触と同時に魔力を爆破。ガミジンは避ける間もなく、それを頭部で受け止めてしまった。

けたたましい轟音(ごうおん)を響かせて、ガミジンは竜骨付近まで落とされてしまう。普通なら巨岩を砂に変える程の威力なのだが、魔僕呪で強化されたガミジンには耐えられてしまった。

両腕を伸ばして、這(は)いあがってくるガミジン。

「これしきのォ、これしきの事ォォォ！」

ガミジンは再び心臓部へと顔を出すが……

「チャージの時間は十分にありましてよぉぉぉ。ミスター・スネーク」

インクチャージを終えたマリーが、大穴に向けて双銃の銃口を向けていた。

「シュトゥルーム・ゲヴリュール！」

クーゲルとシュライバー、二挺の魔銃から放たれる強烈な螺旋水流。

鉄をも貫く水圧を兼ね備えたそれが、ガミジンの身体に襲い掛かる。

「合法の必殺技ですわぁぁ！　大興奮不可避ですわぁぁぁ！」

「グヌァァァァ!?」

咄嗟に右腕で防御をとる。だが先程の攻撃で受けたダメージも相まって、ガミジンは右腕の肉を大きく抉り取られた。

「ッッッ！　ならばコイツらの手を借りるまでよ！」

ガミジンが腰に下げていた小樽を握り潰すと、中から大量の魔僕呪が床に落ちる。

そしてゴポゴポと音を立てて、何体ものボーツが召喚された。

すぐさま幽霊を呼び出し、ガミジンはボーツに憑依させる。

「やれェ！　殺せェ！」

強靭な脚力を以てして上がってくるボーツ達。

憑依した幽霊を介してガミジンに自由自在に操られている。

「「ボォォォォォォォッ！」」

腕を構や槍の形状に変化させて、ボーツは一気に襲い掛かる。

「二人はボーツを頼む。俺はあの蛇野郎を叩く！」

道を塞ぐボーツを斬り落とし、レイは大穴の中へと飛び込む。

「どらぁぁぁぁぁ！」

「フンッ！」

落下の勢いを乗せて斬りかかるレイの一撃を、ガミジンは左腕で受け止める。

だが案の定、通常の剣撃では碌なダメージを与えられない。

「小僧、まずは貴様から殺してくれる！」

「そうなる前にお前を倒す」

レイの挑発に憤ったのか、ガミジンは大口を開けて、その巨大な蛇の牙で攻撃を仕掛ける。変幻自在な軌道を描き伸びてくる首。だがそれでも、レイの脳内は冷静であった。

（脚力強化……動体視力強化）

武闘王波で必要なものを強化する。強化された視力でガミジンの動きを読み、脚力を以て回避し続ける。中々当たらない攻撃にムキになるガミジン。徐々にその動きも乱雑化してきた。その隙にレイはコンパスブラスターに獣魂栞を挿入する。

（魔力刃生成、破壊力強化、出力強制上昇……）

頭の中で複数の術式を同時並行で組み立てる。ここなら余波で被害が出ても問題無い。

引きつけて、引きつけて……今だ。

「偽典一閃！」

最大出力。最高威力。敵は咄嗟にガードを試みたがもう遅い。今まで発動した事は殆どない、本気の一撃をレイは躊躇うこと無くガミジンに叩きこんだ。

「ッッ!?」

声にならない悲鳴を上げるガミジン。

咄嗟のガードで致命傷は避けられたものの、左腕を切断される羽目となった。

それだけではない。偽典一閃の余波で船内が大きく揺れる。

床はひび割れ、壁は大きな音を鳴らして剝がれる。

そして剝がれた内壁の向こうから、無機質な鉄の骨が露出した。

「あれが兵器の本体か」

バハムートの遺体を取り込み、人々の魂を動力に変えている魔導兵器。

レイはコンパスブラスターを逆手に持ち換えて、破壊しようとするが……

「させぬわァァァ！」

突如飛来してきた黒炎を間一髪で回避するレイ。

よく見れば、右腕を再生したガミジンが、ダークドライバーを構えていた。

「させん、させんぞ。貴様のような童に私の五年間を破壊させてなるものか！」

「知るかバーカ」

レイを兵器の骨格から遠ざける為に黒炎を乱射するガミジン。

まだ動体視力と脚力の強化が残っていたレイはそれをひらりひらりと躱していく。

だが回避のみで攻撃には至れない。

（さぁて、どうするかな）

やるべきことは三つ。

ガミジンの撃破、魔導兵器（幽霊船）の破壊、バハムートの心臓の破壊。

できる事なら兵器と心臓の破壊を優先したいところだが、この状況では敵がそれを許してくれそうにない。かと言って先にガミジンを撃破しようにも、あの黒炎が邪魔をする。

（ん、待てよ……黒炎？）

ふとレイの脳裏にスレイプニルの言葉が思い出される。

ダークドライバーが放つ黒炎の特徴は……

（そうだ、いいことを思いついた！）

一つの策を閃いたレイは、回避の仕方を少し変えた。

ただ避けるのではなく、ガミジンを誘導する様に動きまわる。

「よっと！」

そして強化した脚力を使って、レイは再びバハムートの心臓がある部屋へと上っていく。

「レイ。大丈夫？」

「大丈夫。それより二人とも全力で回避行動に移ってくれ」

「撃ちながらでも構いませんかぁ⁉」

「好きにしろ！」

魔力弾の乱射に夢中なマリーにレイが少々呆れていると、下階からガミジンが這い上がって来た。

「逃がさんぞォ！　小僧ォ！」

「そーら、おいでなすった！」

上階に辿り着くや否や、ガミジンはダークドライバーから黒炎を乱射する。

「全員逃げろ！　アリス、回避しながらサポート頼む！」

「りょーかい」

指示通りに黒炎から逃げる二人。その一方でレイはガミジンを挑発し始めた。

「フハハハ！　最早逃げる事しかできんかァ！」

「それはどうかな」

「何？」

「撃てよ。俺を殺したきゃ撃ち続けろよ」

そう言うとレイは、突然逃げる事を止めてその場に棒立ちになった。

「とうとう諦めたらしいな。これで終わらせてくれる」

ガミジンはレイに向けて、今までにない程大きな黒炎を解き放った。

だがレイは微動だにしない。ギリギリまで待って、待って、そして紙一重で横に避けた。

「本当に、俺以外見えてなかったな」

「何を言っ……しまった？」

ガミジンがレイの思惑に気が付いた時には、既に遅かった。黒炎はスピードを緩める事なく、レイの後ろに到達する。レイの後ろにあったもの、バハムートの心臓に向かって。

「万物を喰らう炎だって？　ならこれも破壊できるだろ」

「待て、止まれェェェ！！！」

ガミジンが悲痛な叫びを上げるが、黒炎は止まらない。

そして万物を喰らう炎は、バハムートの心臓へと着弾した。

ボウッと短い音を立てて抉られる心臓。その傷口から大量の魔力が零れ出すと同時に、数十個程の光の玉が外界へと解き放たれた。

「流石に全部は無理か」

『だが今ので目算四十三の魂が解放された』

「よく数えられたな」

『伊達に歳は取っていない。それよりも……』

「あぁ、話はそう上手くいかないみたいだな」

レイ達の視線の先には抉れたバハムートの心臓。

ただし傷口は塞がり、その抉れは徐々に再生しつつあった。

「丈夫過ぎる心臓ってのも考え物だな」

『これは再生を上回るスピードで破壊しなくてはならんな』

「だな……でもその前に」

振り返る。そこにはワナワナと身体を震わせているガミジンの姿があった。

「よくも……よくも……」

「あの蛇野郎を倒さなきゃな。流石に二回も同じ手は通じないだろうし」

「よくも私にィ！　神聖な陛下の義体を傷つけさせてくれたなァァァ！」

激昂。ガミジンの咆哮が船内に響き渡る。

「許さん！　貴様だけは、断じて許さん！」

「そりゃあこっちの台詞だ。テメェみたいな外道の存在、許してたまるか」

「ヌアァァァァァァァァァ！」

逆上したガミジンが巨大な腕を叩きつけてくるが、単純な軌道だったのでレイは容易く回避する。

「これならばどうだァァァ！」

「おっと」

再びダークドライバーから黒炎を連射するガミジン。だがこれもレイは回避する。

「当たらない当たらない。それともう一つ、今の俺は一人じゃないって事忘れてないか？」

「何？　はっ⁉」

突然の気配を察知し、慌てて振り向くガミジン。

そこには二挺の銃を構えたマリーの姿があった。

「エンチャント！　シュトゥルーム・ゲヴリュール！」

螺旋水流の砲撃が、ガミジンの右腕に着弾する。だが大ダメージには至っていない。

「フン、この程度の攻撃……何だと⁉」

弱々しい一撃だと嘲笑しようとしたガミジン。だがその感情は一瞬にして消え去った。

右腕が動かない。まるで石にでもされたかのように微動だにしないのだ。

「どういう事だ、腕が動かんッ」

「アリスの幻覚魔法をエンチャントした」

「合体必殺技ですわぁぁ！」

当然それだけでは終わらない。

弾ッ！　一発の銃声が鳴ると同時に、ガミジンの右手からダークドライバーが弾（はじ）き飛ばされた。

「その魔武具（まぶんぐ）は邪魔ですわね。ミスタ？」

「おのれェェェ！」

怒りと憎悪が混じった声色でガミジンが絶叫する。しかしその一瞬の隙があれば十分だ。

『レイ！』

「応よ！　インクチャージ！」

獣魂栞（ソウルマーク）を挿入したコンパスブラスターを逆手に持ち、必要な術式を組み込む。

魔力刃生成、破壊力強化、攻撃エネルギー侵食特性付与、出力強制上昇、固有魔法接続。

コンパスブラスターの刀身が白銀の光を帯びていく。

「後ろの心臓ごとぶち抜いてやる！」

以前の峰打ちとは違う。これが本当の、本気の必殺技。

「銀牙一閃（ぎんがいっせん）！」

膨大な破壊エネルギーを帯びた刀身が、ガミジンの胴体とその背後に位置していたバハムートの心臓を貫く。

「――――!?」

斬りつけられたエネルギーはガミジンの全身に回り、その身体を内側から破壊していった。そしてそれは、背後にあったバハムートの心臓も例外ではない。

銀牙一閃の攻撃を受けた心臓は、凄まじい勢いで表面を破裂させていく。

破裂が次の破裂を呼び、心臓の破壊を連鎖させる。

そして無数に出来た傷口からは、無数の光の玉が外界へと解き放たれていった。

「中に閉じ込められていた魂も大分解放できたみたいだな」

『あぁ。だが全てではない』

「だよなー。結構本気でやったのに、まだ心臓残ってるし」

『バハムートの心臓は幾つもの層になっている。そう簡単には破壊できぬさ』

「やっぱり丈夫過ぎるのも考え物だな」

津波のような勢いで解放されていく魂達を見つめる。

これだけの魂を失えば、もう兵器として運用する事は出来ないだろう。

「レイさん、バハムートの心臓が再生を始めていますわ」

「分かってる。さっさと全部壊しちまおう」

レイは再びコンパスブラスターに獣魂栞を挿入する。そして心臓に向けて構えをとると。

「させぬわァァァ！」

「ッ!?」

突如伸びて来た蛇の頭をすんでのところで回避する。全身の肉が弾け飛んだ筈のガミジンだったが、ある程度再生をしたのか両腕で這って迫ってきた。

「よくも、私の五年間の努力を……」

「こんな努力なら糞くらえですわ」

「こんな童如きにィィィィィ！！！」

ガミジンは伸ばした首を荒ぶらせて、レイ達に襲い掛かる。だが所詮は無茶な行動の産物。簡単に避けられてしまう。しかしその回避行動のせいで、レイ達は心臓から距離を置かれてしまった。

「殺してやる……皆殺しにしてやる……」

うわ言のように呟きながら、ガミジンはバハムートの心臓に縋りつく。

「おい、何する気だ！」

「貴様らも、街の人間も全員！　私の手で殺してやるゥゥゥ！！！」

そう叫ぶとガミジンは、拾い上げていたダークドライバーを、バハムートの心臓に突き刺した。すると、バハムートの心臓に繋がっていたチューブが次々にガミジンの身体へと刺さっていった。ズプズプと再生途中の心臓に取り込まれていくガミジンの肉体。

「たとえ溜め込んだ魂が無くなろうと、貴様らを殺すだけの蓄えは手元にある！」

そう言ってガミジンは一つのカンテラを手に掲げた。

見覚えがある。見間違える筈もない。教会でガミジンが幽霊を出したカンテラだ。

『おにーさん……』

「ッ！　今の声」

カンテラから聞き覚えのある声がする。

この幼い声は間違いない、メアリーのものだ。

「って事はあの中に。オイ！　それをこっちに」

「レイ、足元」

アリスの言葉で慌てて足元を確認する。

レイの立っていた床は大きくひび割れて今にも崩落しそうになっていた。

それどころか幽霊船自体も、気を緩めたら立っていられないような揺れを始めている。

『不味いぞ、この揺れではすぐに崩落する』

「レイさん、一度脱出しましょう」

「けどアイツの手には」

『レイ、ここは一度引くべきだ』

既に壊れて風穴が空いている船体。脱出口として使うのは容易だ。その向こうには鎧装獣化したロキの姿。まだバハムートとメアリーを解放させられていないレイは、渋々ながら脱出を決意した。

第五章　波を合わせて

ロキの背中に乗って、一度幽霊船を脱出したレイ達。

上空から、幽霊船が崩落していく様子を見つめる。

「あれは何でしょうか」

マリーに指摘されて、レイは幽霊船を凝視する。ボロボロと崩れていく幽霊船。だがその内側から、蜘蛛（くも）のような手足を生やした何かが出てきた。

「アレが……幽霊船の、兵器としての姿か」

最早（もはや）そこに、ガレオン船としての面影は無かった。

巨大な鯨、バハムートの腐敗した肉体を中心に生えている八本の鉄の足。

胴体から剣山のごとく伸びている大砲やバリスタ。

船とも魔獣とも形容し難い異形。

教会の設計図に描かれていた、最悪の魔導兵器の姿がそこにはあった。

「許サンゾ……全テ、私ノ手デ殺シテクレルゥウゥ！」

「ブゥルオォォォォォォォォォォォォォォォォォォォォォ！！！」

異形の兵器と化した幽霊船。その船頭からバハムートの咆哮が鳴り響く。ボロボロの状態で露出していた外骨格、そしてバハムートの遺体。それらは瞬く間に再生し、失った部位を補っていった。

「なんですの、あの再生スピードは」

「多分ガミジンの契約魔獣の能力だ」

『アナンタだな。アナンタは再生の魔法を使うとされている』

「その効能がバハムートの遺体にも及んでるって事だな」

再生を終えた幽霊船の頭部から一つの人型が生えてくる。全身の筋肉がむき出しでグロテスクな見た目をしているが、その特徴的な蛇の頭で何者かすぐに理解できた。

「殺ス……童ドモ、殺シテクレル！」

バハムートの頭部から生えた異形の上半身、ガミジンがこちらを睨みつける。

すると幽霊船から生えていた大砲やバリスタの矛先が、上空のロキに向けられた。

『これ、不味いかも』

アリスがそう零すや否や、幽霊船から雨あられの様に砲撃が始まった。

ロキとその背中に乗るレイ達を逃がさないように、的確に弾幕を張ってくる幽霊船。

『みんな、掴まってて』

迫り来る砲弾と極太の矢を、ロキはギリギリで回避し続ける。

レイ達は超変則的な軌道に振り落とされそうになるが、しっかりと掴まり続けた。

だが幽霊船は絶やすこと無く、極めて理性的に攻撃を続ける。

『王の肉体を取り込んだ割に、随分と理性的なものだな』

「感心してる場合か！　まぁでも、それに関しちゃ同意するけどな」

遺体とはいえ、強大な力を持つ王獣の身体を強引に取り込んだのだ。普通なら無事では済まないし、仮に生き延びても魔力(インク)の拒絶反応で理性を失うのは目に見えている。

それにも拘(かか)わらず、ガミジンは言葉を話し、的確にこちらを狙ってきている。

「死ネ、死ネ、死ネェエエエエエエエエエエエ！」

「キューイー！」

回避、回避。迫りくるバリスタの矢を紙一重で躱(かわ)し、大砲の弾は巨大な耳で弾き返す。

中々当たらない攻撃に、ガミジンも苛立(いらだ)ちの絶叫を上げ始める。

『不味いぞ、あれは完全に制御に成功している。一体どんな種を仕込んだのか……』

「メアリーだ」

『何？』

「アイツが自分を心臓に取り込ませた時に、メアリーの魂も巻き込んでいた」

『なる程、水鱗王(すいりんおう)の契約者も取り込む事で制御をより確実なものにしたという訳か』

「ではメアリーさんの魂を取り出せば！」

「少なくともアイツは制御できなくなるだろうな。けど問題はこの状態からどうやって心臓部に戻るかだ」

「それなら、敵の注意を逸(そ)らせば良いのですわ！」

そう言うとマリーは突然、ロキの背中から飛び降りた。

二挺（ちょう）の銃から魔水球（スフィア）を発射し、降り注ぐ弾幕が当たらないように軌道を逸らす。

「大きな敵には大きな姿ですわ！　融合召喚、ケートス！」

マリーがグリモリーダーの十字架を操作すると、空中に巨大な魔法陣が現れた。

その魔法陣にマリーが入り込むと、マリーとケートスの肉体が急速に混ぜ合わさっていく。そして魔法陣の中から膨大な魔力が溢（あふ）れ、狼（おおかみ）の前半身とイルカの後半身を持つ魔獣の像を紡ぎ出し始めた。

「ワオォォォォォォォォォォォォォォン！」

全身が機械の如く金属化した青色の魔獣が姿を見せる。

背中には巨大な二門の砲を備え、身体に当たった攻撃は次々に弾（はじ）き返している。

マリーは鎧装獣ケートスへと姿を変えたのだ。

『その攻撃、お返ししますわ！』

海へと落下しながらもケートスはその巨大な尾を振るい、襲い掛かる砲弾を跳ね返した。

「グヌゥゥゥ！」

返された砲弾は幽霊船へと着弾。轟音（ごうおん）と共に爆破。

幽霊船と一体化しているガミジンへも少なからずダメージを与えた。

そして着水。ケートスはすかさず背中の砲で攻撃を始めた。

『これだけ的が大きければ、当てるのは楽勝ですわ！』

凄まじい砲撃音が辺りに響き渡る。通常のガレオン船の何倍もの大きさを誇る幽霊船。

その巨体は銃撃手でなくとも格好の的であった。着弾した攻撃魔力が轟音を鳴らす。

「小癪ナァァァ！　喰イ殺シテクレルゥ！」

ガミジンの絶叫と共に、バハムートの大口をあける幽霊船。巨大な鯨の口の中には凶暴な牙が無数に生え揃っていた。ケートスの身体に噛み付くと同時に金属音が鳴る。全身が金属化した鎧装獣の身体は、一撃では壊せない。

『っ！　レディの身体に対して少々乱暴ではありませんこと!?』

マリーがそう言うと、ケートスは背中の砲を回転させて、幽霊船にその砲口を向けた。

「ワオーン！」

三発の攻撃魔砲が幽霊船の内部を襲う。その激痛にガミジンは無意識に大口を離してしまった。一瞬の隙を衝いて、ケートスは脱出する。

「よし、今だアリス！」

ケートスの攻撃で怯んだのか、幽霊船の攻撃が止んだ。その隙を逃すまいと、ロキは幽霊船に急接近する。しかし……

「馬鹿メ、私ガ不器用者トデモ思ッタカ！」

幽霊船のバリスタや大砲がぐるりと回転し、こちらに照準を合わせてくる。

そして間髪を容れず、攻撃を開始した。

「どわぁぁぁ!?」

再び超変則軌道を描いて回避に徹するロキ。レイはその背中でまた振り回されていた。

『アリスさん！　上手く回避し続けてください！』

注意を逸らすように、再び幽霊船への砲撃を始めるケートス。

だが今度はロキを攻撃しつつ、大口を開けてケートスを襲ってきた。

『きゃっ』

砲撃を中断してケートスは回避する。しかしガミジンはその間隙を衝くように、大砲やバリスタの一部をケートスに向けて来た。

「不味いぞ、アイツ思った以上に攻撃範囲が広い」

このままでは撃墜されてしまうのも時間の問題だ。

レイは必死に打開策を考える。しかし相手が強大すぎて妙手が浮かばない。

そうこう考えている内に、最悪の事態が訪れた。

幽霊船の放った砲弾が、ロキの耳に着弾したのだ。

「ギュー！」

片耳を負傷したロキはそのまま海へと真っ逆さまに落ちていく。

「マズハ二匹……残ルハ一匹」

『レイさん、アリスさん!?』

猛スピードで海面が迫ってくる。海は敵のテリトリー、このまま落ちればただでは済まない。レイは衝撃に備えて目を瞑る。

しかし何時までたっても、海面に叩きつけられる衝撃は来なかった。それどころか、ボヨヨーンと何かに優しく跳ね返される衝撃だけが伝わってきた。

「……これって」

海面に落ちたレイが困惑の声を漏らす。全員身体は沈むこと無く海面に浮いている。

よくみれば、海面には魔獣達がばら撒いた魔力が膜の様に張り巡らされていた。

膜はゴムの様にしなやかで、鎧装獣化しているロキが乗っても破れない程に頑丈な足場となっていた。

「どういうことだ」

『水鱗王を救いたいのは民も同じ、という事だ』

レイが辺りを見回すと、幾つもの海棲魔獣が海面から顔を覗かせていた。

どうやら彼らがこの足場を作ってくれたらしい。

『共に戦ってくれるようだな』

「みたいだな」

海棲魔獣は次々に、幽霊船へと攻撃を仕掛ける。

「雑魚ドモガァァァ！　図ニ乗ルナァァァ！」

『無駄口を叩くのはナンセンスですわ』

海中に隠れていたケートスがその背中の砲だけを海上に露出させる。

一瞬だけ開いた幽霊船の大口に向けて、ケートスは魔力弾を叩きこんだ。

「オノレェェェ！」

激昂して、注意が完全にケートス達に向くガミジン。

チャンスが来た。レイはコンパスブラスターを構えて、アリスに語り掛ける。

「アリス、俺がバハムートの心臓部に行く！　サポートは任せた」

『一人で行く気？』

「人間サイズの方が的も小さくて当たりにくい。アリスはアイツの攻撃を弾いてくれ」

『……わかった』

レイは柄を握り締めて、一気に駆け出した。

「小僧、今度コソ殺シテヤル！」

存在に気づいたガミジンが、砲門をレイに向ける。

「喰ラエ！」

一斉掃射。無数の砲弾と矢がレイに襲い掛かろうとする。

「キューイー！」

『させない』

ロキは間に割り込むと、両耳裏側の紋様を砲弾の雨へと向けた。

眼のような紋様が輝きを放つと、砲弾や矢はピタリと動きを止めてしまった。

無機物への幻覚の植え付け、それがロキの魔法の真骨頂でもある。

「サンキューな！」

停滞した砲弾の雨を潜り抜ける。そしてレイは武闘王波で強化した脚力と、海面の魔力膜の弾力を使って、一気に幽霊船との距離を詰めた。

「サセルカァァ！」

レイの意図に気づいたガミジンは幽霊船から生えている鉄の足を振り回し、レイに攻撃を仕掛ける。しかし破壊力はあれど、自身の身に当たらぬよう配慮した攻撃は動きが単調。

レイは容易く攻撃回避。そして鉄の足が海面に刺さると同時に、その足に飛び乗った。

「武闘王波、魔装強化！」

鉄の足を駆け上りながら、レイは魔装の強度を上げる。

「ヌゥ！　ナラバ足ノ一本クライ、クレテヤルワ！」

ガミジンは幽霊船の砲門を足を上っているレイに向けた。

そして発射。逃げ道の少ない場所なら確実に仕留められると考えたのだろう。

『想定通りの動きだな』

「あぁ。このくらいの攻撃なら」

レイは迫り来る砲弾と矢に臆することなく、コンパスブラスターを振った。冷静に砲や矢を斬り払う。強化された動体視力には殆ど止まって見えた。背後から砲弾が爆破する音と爆風が襲ってくるが、強化された魔装の前には気にもならない。

（構造を思い出せ……心臓部があった場所は……）

レイは幽霊船の上に辿りつく。内部の構造を思い出して、バハムートの心臓がある場所を特定……そして。

「インクチャージ！」

コンパスブラスターに獣魂栞（ソウルマーク）を挿入し、逆手持ちにする。破壊すべき部位は見つけた。

「銀牙一閃（ぎんがいっせん）！」

幽霊船の背中、甲板が在った場所を斬りつける。レイは銀牙一閃の術式に少しアレンジを加え、破壊エネルギーが一点に集中するようにした。大きな爆音と共に幽霊船の背部が砕け散る。そこに出来た大穴に、レイは迷わず飛び込んだ。

「うげぇ、悪趣味」

兵器として覚醒した幽霊船の内部は、無数のチューブとバハムートの腐肉で構成されていた。あまりにグロテスクな光景に、レイも思わず愚痴が漏れてしまう。

『愚痴を零（こぼ）してる暇はないぞ』

「分かってるって」

心臓のある場所へと急行するレイ。だがやはりそこは幽霊船の内部。

侵入者を排除するための罠（わな）はしっかりと仕掛けられていた。

無数のチューブが意志を持った触手の如（ごと）くレイに襲い掛かる。

「よっ、ほっ、でりゃあ！」

コンパスブラスターですぐにそれらを斬り落とす。地面に落ちてもなおウネウネと動くチューブを見て、「罠まで悪趣味だ」とレイは思わずにはいられなかった。

その後も同様の罠が襲い掛かってきたが、レイはそれを難なく突破。

そして遂に バハムートの心臓がある、あの部屋へと辿り着いた。
ドクンドクンと眼の前で鼓動を鳴らしている巨大な心臓。
その一部にはガミジンの肉体が取り込まれた形跡が見える。
『レイ、どうする気だ』
「心臓を斬って、ガミジンが持っていたカンテラを取り出す」
メアリーの声が聞こえたカンテラの事を思い出す。
あれを抜き取ればガミジンもバハムートを制御できなくなる。
レイはコンパスブラスターを構えて、勢いよく心臓を斬りつけた。
「あれだ」
斬り裂いた心臓の中からカンテラが姿を現す。
心臓の肉に埋もれて取り出すのには苦労しそうだった。
レイはカンテラを取り出す為に、それに手を触れた。
すると……
「――ッッッ!?」
『どうした、レイ！』
触れた手を伝うように、大量の人間の悲鳴がレイの頭の中に入り込んできた。
それは悲しみ、怒り、憎悪、苦痛……様々な表情の叫びだった。
どう考えても普通の人間には耐えられない量の情報が鉄砲水の如く入り込んでくる。

レイは声にならない叫びを上げて……意識を手放してしまった。

◆

ゆらりゆらりと、意識の夜を微睡み泳ぐ。
此処は何処だろうか。指は動く。首も回る。
触感の存在が怪しく感じられるが、指が動くなら瞼も開くだろう。
レイは静かに目を開けた。
「暗い」
最初に眼にした光景は闇。
首を左右に動かし確認しても、目に映るのはどこまでも深い闇、闇、闇。
少々驚いたが、レイは極めて冷静に直前の状況を思い出した。
「そうだ、俺はバハムートの心臓に意識を持っていかれて……」
意識どころか魂を持っていかれたのだろうか。
だとすれば此処はバハムートの心臓、狩られた魂を溜め込んでいる牢獄の中だろうか。
もしもそうであれば、まだ都合は良いかもしれない。
(メアリーの魂もこの中に)
身体を確認すると変身は解けている。スレイプニルに声をかけるが返事はない。

「飲み込まれたのは俺だけか」

とにかく動いてみなければ始まらない。レイはバタ足の要領で闇の中を進んだ。

だが進めど進めど、闇以外のものは見えてこない。

「実は黄泉の国ですとかやめてくれよ」

少し不安になるレイ。ここまで何も見えないと自信もなくなる。

だがそれでも進むしかない。

すると、肌を何か生ぬるい風が撫でている事に気が付いた。

気になってレイは風の来る方向へと進む。

「ッ!?」

突然の事であった。

ゆっくりと吹いていた風が、肌を切り裂かんばかりに強い突風へと変わったのだ。咄嗟に身構えるが、風は容赦なくレイに襲い掛かり、その身体に侵入してくる。

それは叫び声であった。それは感情であった。

自分ではない何者かの声が、レイの全身に入り込んでくる。

「なんだ、これ」

助けて、苦しい、家に帰りたい……多種多様な言葉が風に乗ってくる。

悲しみ、怒り、憎悪、苦痛、破滅、悪意、絶望。

強い負の感情の集合体。それが暴風と化して、この闇の世界を満たしている。

恐らくはこの牢獄に閉じ込められた死者の魂。
その魂の怨念なのだろう。
「クソッ……ここに飲み込まれた時と同じか」
短時間で凄まじい量の感情を脳に直接叩きつけられる。
必死に抵抗するが、レイは意識を保つ事さえ難しくなってきた。
ここまでか。言葉にならない怨嗟の咆哮に飲み込まれそうになる。
《しかたないなぁ。ちょっとだけ助けてあげる》
頭の中に女性の言葉が浮かんだ。
文字列だけなのに、何故女性だと分かったのかは不明だ。
だが次の瞬間、背後から闇の世界に黄金の光が灯された。
「あっ……」
光が闇を祓うように、黄金の光に照らされた暴風は忽ちに消滅する。
間一髪で助かった。
レイは背後を振り向いて、光を灯した者を見やった。
《こうして会うのは……一応はじめましてになるのかな》
そこに居たのは、年端もいかなそうな少女であった。
美しい金色の髪をなびかせているが、顔は仮面に隠れていてよく見えない。
服は何処かの国の民族衣装だろうか。神聖な雰囲気を感じられて、まるで巫女服のように見える。

だが最も特筆すべき異質さは、その全身を優しく包んでいる黄金の光だった。

「えっと、ありがとう」

《どういたしまして。でも一人でこんな怨念の海に入るのは、ちょっと無謀だと思うな》

痛いところを突かれて、レイは少し下唇を噛んだ。

だが今はその話は置いておきたい。

「あの、君は」

《あ、ごめん。そのまま動かないでね》

「へ？」

突然の静止命令を下すと、少女は手元に一つの魔武具を顕現させた。

《【古代銃剣】プロトラクター、顕現》

それは、レイも見た事が無い魔武具であった。

分度器の意匠がある銃剣一体型の魔武具。

それを銃の様に構えると、少女は躊躇いなく発砲した。

「ッ!?」

放たれた黄金の弾丸はレイに当たる事無く、カーブを描いて、背後から襲い掛かろうとしていた幽霊に着弾。

まばゆい光と共に、その幽霊の動きを完全に停止させてしまった。

《ここに閉じ込められているのは良い魂ばかりじゃない。ああいう悪い魂もいるの》
「ありがとう。二回も助けられちまったな」
《……》
「一回目は俺がガミジンと戦ってた時だ。あの黄金の魔力に、敵を制止させる力。ガミジンの黒炎から俺を守ってくれたのは君だろ？」
《せーかい。レイは察しがいいね》
「助けてくれたのは嬉しいけど、君は何者だ？　なんで俺の名前を知ってる」
《……今はまだ何も言えないかな。でも安心して。私達はレイの敵じゃない》
「本当か？」
《本当。それと私達の呼び方だけど……特にない。けどゴエティアの悪魔達は『黄金の少女』って呼んでくるから、呼びたかったらそれでお願い》
奇妙な呼び名を要求されて、レイは思わず苦笑してしまう。
「おっと、今はそれどころじゃあ無かったな」
《メアリーちゃんの魂を探すんでしょ》
「なんでもお見通しかよ」
《大体の事を知ってるだけ。でも今のレイじゃ一生見つからない》
黄金の少女が急に顔を近づけてくる。
《いい？　闇の中を無計画に進んでも何にも辿り着けない。何かを見つけるにはそれに適

した力を行使しなければならないの》
「適した力？」
《今のレイに必要なのは魂を繋げる力。それがあれば、メアリーちゃんを見つけられる》
「俺そんな力持ってねーぞ」
《大丈夫……今からあげるから》
そう言うと黄金の少女の手に一つの指輪が姿を現した。
《王の指輪……彼の者の魂に宿れ》
小さく言葉を浮かべる黄金の少女。次の瞬間、彼女は勢いよく小さな指輪をレイに埋め込んだ。
突然の事に動揺するレイ。だが痛みも何もない。あるのは不思議な温かさだけだ。
「何をしたんだ？」
《指輪を、あるべき場所に戻しただけ。その指輪が貴方を導いてくれる》
「意味が分からない」
《貴方の一族は、その力に適性がある。貴方の魂には、その特性が確かにある》
「……」
《すぐには信じられないかもしれない。でもレイ自身がその力を意識しないと、先へは進めない。だから信じて》
そう言うと黄金の少女は、レイの左胸に手を当てた。

不思議な感じだった。初対面の少女なのに、言っている事は荒唐無稽で滅茶苦茶な事なのに、レイは不思議と黄金の少女を疑う気になれなかった。

それどころか、昔からよく知る者と話しているような、そんな感覚さえあった。

「信じるよ。どーせ進む先も当てずっぽうの予定だったし」

《……ありがとう。それじゃあここから先は、私達がナビゲートしてあげる》

無邪気に、軽やかに闇の中を飛んで、少女はレイの目の前で停止する。

《左胸。心臓の所に手を当てて》

「こうか？」

《そう。そしたら自分の魂に意識を集中して》

レイは目を閉じて、左胸の心臓に意識を集中させる。

魂、霊体へ意識を向けろという事だろうか。スレイプニルに疑似魔核を移植された時の感覚を思い出しつつ、意識を一点に集める。

《感じ取ってきたんじゃない？　自分の魂を》

黄金の少女の言う通りだった。意識を集中させればさせる程に、レイの頭の中で魂の形が明確に浮かび上がってくる。淡く光る光の玉である魂。それに隣接するように在るのは銀色の光、疑似魔核だ。だが感じ取れるのはそれだけではない。

「……なんだこれ？」

レイ自身の魂に食い込むように存在する純白の輪っか。

大きさや見た目的には指輪のような形であった。

《それが王の指輪。その指輪がレイと他の魂を繋げてくれる》

「これが？　今入れられたやつか？」

《うん。イメージして。その指輪から波紋が広がるイメージを》

黄金の少女の指示に従って、レイはイメージする。

魂に食い込んでいる指輪から大きな波紋が広がるイメージ。

するとレイが魂の震えを感じると同時に、指輪から光の波紋が体外に広がり始めた。

光の波紋が闇の世界に隠された魂にぶつかる。

一つぶつかる度に、その魂の正体がレイの頭の中に情報として入り込んでくる。

「オイオイなんだよこれ!?」

《最初はちょっと気味悪いかもしれないけど、我慢して。すぐに慣れるから》

「本当か？」と思いつつ、レイは再び波紋を広げるイメージを浮かべる。光の波紋が何度も広がる。一つ広がる度に、牢獄に囚われている魂の在処が分かってくる。

これが「魂を繋げる力」。レイは直感的に理解できた。

今自分がやっている事は、この力の予備動作に過ぎない。

この力の真骨頂はもっと別にある筈だ。

レイは好奇心が疼いたが、今はメアリーを捜すのが先だ。

（違う……違う……この魂でもない）

頭の中に入ってくる情報を頼りにメアリーの魂を捜し出す。

波紋の角度もその都度変えてみる。

そしてレイは、一際大きな輝きを放つ魂を見つけた。

一つは水鱗王バハムート。そしてもう一つは……

「見つけた！」

後は身体が勝手に動いた。レイは迷うことなく、メアリーの魂に手を伸ばして、摑み取った。瞬間、魂が像を紡ぎ出す。レイが摑んでいた箇所は小さな手となり、魂は瞬く間にメアリーの姿へと変化した。

「え、おにーさん……」

「よっ。しけた面してるな」

突然現れたレイに、メアリーは困惑の表情を浮かべる。

「なんでここにいるの？」

「ん～、幽霊船に潜り込んで、バハムートの心臓に触ったら飲み込まれた」

「……ごめんなさい、わたしのせいで」

「別にお前が悪いわけじゃねーんだから、謝る必要なんてねーよ」

「んーん、全部わたしのせいだったの。お父さんもお母さんも、王さまも……みんなわたしのせいで死んじゃったの！」

嗚咽を上げながら、メアリーは語り始めた。自分が両親と共に商船に乗った事。自分がそこで歌を歌った事。バハムートに聞いて貰った事。

そして、商船に近づいたバハムートを狙ってガミジンが虐殺に動いた事。

その虐殺でバハムートと商船の乗員が皆殺しになった事。

「わたしが歌ったからみんな死んじゃった……全部わたしが悪いんだ」

「違うッ！　悪いのはメアリーやバハムート達を殺したガミジンだ！」

「でもわたしが歌わなかったらなにもおきなかったんだよ！　お父さんもお母さんも、みんな殺されなかったんだよ！　おにーさんも、こんなところに来なくてよかったのに……」

泣きじゃくり始めるメアリー。レイはその姿を見て、少し前の自分の姿を重ねた。

「俺一応、君を助けに来たつもりなんだけど……」

「ダメだよ、わたしなんか……」

俯き加減にそう零すメアリー。

どうやら完全に自分が全ての元凶と思い込んでいるようだ。

心も罪悪感で押しつぶされそうになっているだろう。

（さて、どうするか）

このままでは外に連れ出させてくれないだろう。何とかして説得しなければならないのだが、上手い文句が浮かばない。だが、自分以外ならば。

「待てよ……オイ、黄金の！」

《なに？》

「指輪の力は、魂を繋げる力なんだよな!?」

《そうだよ……何か思いついた？》

「一か八かの策がな」

レイは摑んでいたメアリーの手を、自分の左胸に強引に押し付けた。

「メアリー、もし自分が恨まれていると思うんなら、本人たちに聞いてからにしろ！」

レイはそのまま魂に意識を集中させて、再び光の波紋を広げ始めた。

先程メアリーの魂を捜す過程で見つけた数多くの魂。その中にあった三つの魂を再び捜し出す。

（……なんだ、ずっとそばに居たんじゃないか）

メアリーのすぐそばに在った魂に波紋を当てる。

そして、それらの魂とメアリーを紐で繋げるイメージを浮かべる。

すると、メアリーの後ろで四つの像が紡がれ始めた。

「あっ……」

メアリーは小さな声を漏らす。

その視線の先には二人の男女と一人の老人。そして巨大な鯨の魔獣。

魔獣の名前はバハムート。そして男女達は……

「お父さん……お母さん……おじいちゃん」

メアリーは勢いよくレイから離れて両親達の下に駆け寄る。

《この使い方、よく気づいたね》

「なんとなくだけど、出来る気がしたんだ」

《ホント、レイは適応力高いね》

視線をメアリーに移す。メアリーは父親の胸の中で泣きじゃくっていた。

「ごめんなさい、お父さん……わたし……」

「いいんだよ、メアリーは何も悪くない。悪いのはあのガミジンという男だ」

「でも……でも……」

「メアリー、貴女が歌を歌ったせいで誰かが苦しんだ事なんてない。むしろ貴女の歌のおかげで私達は救われていたの」

「……どういうこと？」

「水鱗歌の本当の意味さ」

レイが説明のバトンを受け取る。

「メアリーが歌っていた水鱗歌はバハムートの制御呪言でもあったんだ」

「せいぎょ？」

「つまりなメアリー。バハムートは最初から、街の人達を守る為にお前を逃がしていたんだ。メアリーに歌ってもらう事で、自分が暴走しない為に」

「その者の言う通りだ、メアリー」

「王さま」

「メアリーよ、お前が我々を傷つけたのではない。悪逆を働いたのはお前の歌を利用したガミジンだ」

　でもと言おうとするメアリーを、メアリーの父親が制止する。

「メアリー、お前が歌わなければもっと多くの人が死んでいた。お前が歌ってくれたから、儂（わし）らは苦しみから逃れられた。恨むことなんて何もない」

「おじいちゃん……」

「そーいうこった。お前が歌う事で皆が救われていた。バハムートもガミジンと戦う事ができたんだ。メアリー、お前は本当に立派だと俺は思うぞ」

　再び声を上げて泣き始めたメアリーを、母親が優しく抱きしめる。

　メアリーは泣いているが、両親やバハムートの真意を知れた為か、どこか肩の荷が下りたような表情も浮かべていた。

「メアリーは本当によくやったよ。だから後の事は俺達（たち）に任せろ」

「おにーさん……なにもの？」

「自称、ヒーローだ」

　ニッと笑うレイに、メアリーはやっと小さな笑みを浮かべた。

　そして数分の後、母親はメアリーをレイに引き渡して来た。

「娘をお願いします」

「お願いしますって、アンタ達も一緒に」

「幾つもの魂を抱えては枷になるであろう。小生たちはそれを望まん」

「けど」

《レイ、バハムートの言う通り。ここから魂を持ちだすのは一つが限界。もし無理に複数の魂を持ち出そうとしたら身動きが取れなくなっちゃう》

「安心せよ戦騎王の契約者よ。小生たちは必ずやお主が此処から解放してくれると信じているぞ」

「……分かった。必ず助ける、だから待っててくれ」

《じゃあ、帰り道もナビゲートしてあげるね》

そう言うと黄金の少女は手をかざし、闇の中に光のゲートを展開した。

《はい、帰り道》

「すげぇ」

レイはメアリーの腕を摑み、今一度バハムート達を見る。皆覚悟を決めた表情でこちらを見つめている。そうだ、たとえこの牢獄から解放したとしても彼らは……。

レイは下唇を強く嚙み締めて、ゲートへと急行した。

◆

目を覚ます。目の前に広がっているのは闇ではなく、悪趣味な筋肉繊維ばかり。

『レイ！　意識が戻ったか』

「スレイプニル……俺は」

『急に意識を失ったのだ』

自身の身体（からだ）を確認する。銀色の魔装を身に纏（まと）ったままだ。辺りを見回すが黄金の少女の姿もない。一瞬、先程までの事は夢だったのではないだろうかとレイは疑った。だが握り締めていた右掌（みぎてのひら）を開くと、それが現実のものであったと証明された。

「スレイプニル、俺ちゃんとメアリーを助けられたよ」

開いた掌の上に浮かぶ小さな光の玉。メアリーの魂だ。

『それは確かに、メアリー嬢の魂だ……中で一体何があったのだ？』

「えーっとな、なんか闇の中に放り出されたと思ったら、急に黄金の少女とか言うのが出て来て……」

『黄金の少女……だと』

「知ってるのか？」

『……いや、今は話すべき時ではない』

「まぁ、それもそうだな。今はこの悪趣味船の中から脱出しないとな」

レイはバハムートの心臓を一瞬見つめる。

先程の波紋で感じ取った魂たちに思いを馳（は）せながら。

（絶対に助ける……絶対にッ！）

そしてレイは立ち上がり、侵入経路を逆走する形で船から脱出を始める。

まだ牢獄に囚われている魂を必ず解放すると決心して。

「おらァ！」

レイは侵入時に破壊した箇所と同じポイントに向けて魔力弾を撃った。

再生を終えていた幽霊船の天井が、轟音と共に爆散する。

風穴の空いた天井から闇夜が見えてきた。レイはコンパスブラスターを棒術形態に変えてマジックワイヤーを射出、巻き戻し、一気に幽霊船の外へと脱出した。

「よっと」

強い潮風が魔装にぶつかる。辺りを軽く見渡せば、鎧装獣化したゴーレムとケートスが幽霊船と戦闘をしている真っ最中だ。その衝撃で足元が大きく揺れる。

だが揺れは戦闘によるものだけではない。

「オオオオオオオオオオオオオオオオ！」

幽霊船の頭部からガミジンの叫び声が聞こえる。

だがそれは今までのものとは異なり、苦痛に満ち溢れたものであった。

恐らく、バハムートが抵抗してくれているのであろう。

『レイ！』

ふと、下からアリスの声が聞こえてくる。

レイが下を覗き込むと、巨大な耳を羽ばたかせたロキが待機していた。

『乗って』

「サンキュー、アリス！」

幽霊船から離れる手段がなかったレイは、これ幸いとロキに飛び乗った。

レイが背中に乗った事を確認したロキは、すぐさま幽霊船から距離を取った。

距離を取った事で、全体像が見えてくる。

幽霊船対ケートスと海棲魔獣。

兵器としての破壊力が強いせいか、バハムートが抵抗してなお苦戦しているのはマリー達だ。すぐにでも応援に行きたい、しかし鎧装獣になれない自分では碌な戦力になれない。

その事実がレイの心に重く伸し掛かる。

『レイ、メアリーの魂は？』

「あぁ、それならちゃんと回収できたぜ」

『じゃあああの幽霊船、制御を失ってアレなんだ。厄介』

「そう……だな」

『どうしたの？』

ロキの背中で蹲るレイに、アリスが心配の声をかける。

「大丈夫……大丈夫なはずだ」

レイは左胸を強く握る。

幽霊船で出会った黄金の少女。彼女から教えられた謎の「指輪」なる力。その力でメアリーを救出できたは良いが、魂の牢獄を抜けてからずっと、レイの魂は疼きを上げっぱなしであった。未だ得体の知れない力の濁流に、レイは若干の恐怖を覚える。だが今はそれを抑えねばならない。必要な事はメアリーの魂を再び奪われないようにする事。そして幽霊船を撃破する事だ。

「……待てよ」

魂の疼きを抑え込もうとした矢先、レイの中にある一つの閃きがあった。

脳裏に浮かぶのは何時かメアリーに言われた「波が合ってない」という言葉。

そもそも何故自分とスレイプニルは「波が合ってない」と言われたのか。

何故波が合わなかったのか。

この極限の状態で妙に頭が冴えていたレイは、一つの答えが浮かび上がっていた。

「アリス、メアリーの魂を預かっててくれ」

『いいけど、何かするの?』

「あの蛇野郎をブッ飛ばす」

そう言うとレイは手に持っていたメアリーの魂を、ロキの口に放り込んだ。

「スレイプニル」

『なんだ』

「俺、目に見える範囲は全部救いたいんだ。父さんがやってたように、誰も悲しませないために」

『だが全てがお前の考えているようにいく訳ではないぞ。あの牢獄に囚われている者達の魂には帰るべき肉体がない』

「わかってる。大事な事はさっきスレイプニルに教えてもらった……命を救う事が重要なんじゃない。本当に必要なのは魂を……心を救う事だって」

『そうだ』

「スレイプニル、俺はバハムートを、牢獄の中にいる人達の魂だけでも救いたい。だから……半分力貸してくれ」

『我に合わせられるか？』

「合わせにいく。だからスレイプニルも俺に合わせてくれ。お互い目的は一緒だろ」

『そうだな』

レイはグリモリーダーを手に取る。

（指輪の力が、魂を繋げる力だってんなら……俺とスレイプニルの魂も繋げてくれよ）

左胸に意識を集中させる。すると牢獄内部の時と同じように、波紋が広がるのをレイは実感した。波紋は急速に体内に広がり反響する。レイは自分の魂とスレイプニルの魂が繋がる瞬間を感じ取った。

『レイ、この力は……』

「黄金の少女曰く、魂を繋ぐ力だってさ。俺達の波を合わせる補助には丁度良いだろ」

波紋の反響が繰り返される。次第にレイの呼吸とスレイプニルの呼吸が合わさっていく。

目的は同じ、その為に成功させたい事も同じ。お互いの魂を、お互いの心を一つにする。

波紋の反響は徐々に激しさを増し、それに比例するようにレイはスレイプニルと波が合わさっていくのを感じた。ならば後は、行動に移すのみ。

レイはロキの背中から勢いよく飛び降りた。

潮風を切る音が騒がしい中、レイはグリモリーダーの十字架を操作した。

「融合召喚！　スレイプニル！」

グリモリーダーから白銀の魔力が放たれ、巨大な魔法陣を描き出す。

体内で魔力が急激に加速し、レイとスレイプニルの肉体が急激に混ぜ合わさっていく。

混ざれば混ざる程に、魔法陣から巨大な銀馬の像が紡ぎ出され、レイの肉体が金属化した魔獣のものへと変化し始めた。

『「ウォォォォォォォォォォォォォォォォォォォ！』」

魔法陣が消え、白銀の光が辺りに弾け飛ぶ。

そこには、二本の大槍を携えた獣がいた。

そこには、勇ましきスラスターを備えた戦騎がいた。

そこには、雄々しき一本角を輝かせる鎧装獣がいた。

ケートスや海棲魔獣の視線は一瞬にしてその存在に集まる。

それは闇夜の中で光り輝く勇姿、鎧装獣スレイプニル降臨の瞬間であった。

『これ……できたのか？』

「あぁ。我々は確かに融合を果たし、鎧装獣へと進化出来たようだ」

融合している状態というのは、実に不思議な感覚であった。

身体は浮遊感に包まれており、四肢の感覚もあやふや。

視界はスレイプニルの見た物を頭に伝達されるような形で入ってくる。

だが不思議と不快感はない。むしろ温かくて心地よいものを感じていた。

「アァァァァァァァァァァァァァァァァァ！」

余韻に浸る余裕など与えない。

そう言わんばかりに、幽霊船頭部のガミジンは咆哮を上げる。

「さぁ……くるぞ！」

スレイプニルがそう言った矢先、幽霊船は砲門とバリスタの照準をこちらに合わせて、一斉掃射してきた。凄まじい音と共に大量の砲弾と矢が飛来してくる。

だがスレイプニルは一向に避けるそぶりを見せない。

『おいスレイプニル！　弾！　弾来てる！』

「この程度の攻撃に回避の必要はない」

空中に鎮座したまま、スレイプニルは全ての攻撃をその身に受け止めた。

着弾した砲弾が轟音と共に爆破を連鎖させていく。

姿が見えなくなるほどの煙に、マリーとオリーブは一瞬の絶望を覚える。

しかしそれは杞憂だった。立ちこめる煙の向こうから一振りの風が巻き起こる。

『レイさん！』

払われた煙の奥からは、金属化した身体にかすり傷一ついていないスレイプニルの姿が現れた。

「鎧装獣と化した今の我に、この程度の攻撃で傷を負わせようなど笑止千万」

『それ先に言ってくれ……俺の心臓に悪い』

「今度は此方から仕掛けるぞ」

スレイプニルは後ろ半身に備わったスラスターを起動させる。

スラスターの推進力に後押しされて、スレイプニルは一気に幽霊船との距離を縮めた。

「グァァァァァァァァァァァァァァァァァァァ！」

飛んで火にいる夏の虫とでも思ったのか、ガミジンは咆哮を上げてスレイプニルを砲撃する。しかし鎧装獣化した装甲の前には無力。スレイプニルは構わず距離を縮める。

「まずはその五月蝿い武装から狩らせてもらおうか」

至近距離まで近づいたスレイプニルは、その雄々しき一本角に魔力を集める。

構築術式は魔力刃生成と、念動操作。

「スラッシュ・ホーン！」

スレイプニルが頭を大きく振るうと、角から白銀に輝く魔力刃が放たれた。

魔力刃は止まる事も勢いを弱める事もなく、次々に大砲やバリスタを破壊していく。

ものの数秒で、幽霊船はその身体に備えていた武装の大半を失ってしまった。

「オ、オノレェェェェェェェェェェ！」

ガミジンが怒号を上げると、幽霊船の胴体から巨大な肉の塊が生えて来た。

ソレは細長く伸びると同時に瞬時に形を成していく。

『あれ、蛇の頭……アナンタか!?』

「恐らくは、水鱗王の肉を使って錬成したのだろう。不敬な」

肉の塊は巨大なアナンタの頭部を形成するや、すぐさま大口を開けてスレイプニルに襲い掛かってきた。流石にこれは不味いと、スレイプニルは回避しようとする。

だが……

『障壁展開！』

スレイプニルの意思に反して、その身体から大規模な魔力障壁が展開された。

アナンタの牙は目標に届く事無く、魔力障壁に突き刺さる。

『俺も一緒なの忘れるなよ』

「フッ、恩に着る」

アナンタが魔力障壁に四苦八苦している隙に、スレイプニルは前半身に備えられた二本の大槍『ショルダーグングニル』に魔力を溜め込む。

そして魔力障壁を解除。

アナンタの牙が再びスレイプニルに襲い掛かろうとする。

「ハァァァ！」

スラスターの推進力を使って、アナンタに突撃するスレイプニル。

そしてすれ違いざまに、その喉をショルダーグングニルで穿(うが)った。

「ジャアッッ!?」

喉を半円形に抉(えぐ)られて悲鳴を上げるアナンタ。

だがそれだけでは済ませない。

「一撃で終わると思うな！」

スレイプニルは空中を縦横無尽に駆け巡りながら、すれ違う度にアナンタの身体を穿ち続けた。喉だけでなく顔さえも抉られて、アナンタの身体は一瞬にしてズタボロにされる。

幽霊船との繋がりを根元から断たれて、アナンタの頭部は海に落ちてしまった。

『これが彼(か)の戦騎王(せんきおう)の力ですか』

その凄まじい戦闘力に、マリーは思わず息を漏らす。

強く、気高く、美しく、白銀の王はこの戦場に君臨していた。

「戦騎王、コノ程度デ、アナンタガ滅ビルト思ウナァァ！」

再び幽霊船から肉の塊の蛇が生え始める。

どうやらアナンタの本体はガミジンと融合済みらしい。

ガミジンがいる限り何度でもアナンタはその再生能力を行使できるようだ。

しかも今度は三体のアナンタが生え始めていた。

『おいおい、三体もかよ』

「狼狽えるな。冷静に対処すれば勝機はある」

三体のアナンタは一斉に襲い掛かってくる。

レイは急いで魔力障壁の展開をするが、正面への展開で精一杯であった。

残り二体のアナンタが左右から噛みつこうとする。

『させませんわ！』

左右のアナンタの頭部が魔力弾で吹き飛ばされた。

ケートスの砲撃が直撃したのだ。

『サンキュー、マリー！　スレイプニル』

「あぁ、承知しているさ」

魔力障壁を解除。

襲い掛かるアナンタをショルダーグングニルで貫き、葬る。

そして続けざまに、左右にいたアナンタの首も切断した。

「ソノ程度デ止メラレルモノカァァァ！」

更にアナンタの頭部を生やして追撃をしてくるガミジン。

穿っても穿っても生えてくる頭部に、レイはキリの無さを覚えてしまう。

『クソッ、これじゃあキリが無い』

「どうやら本体を叩かねばどこまでも生えてくるらしいな」

『けどこの猛攻じゃあ、その本体に近づけないぞ！』

無数に生えてくるアナンタの頭部を相手にして、マリーと海棲魔獣も余裕がない。

だが何かガミジンの隙を作る策を考えねば。

――さーかーえーよー♪　なーがーくによー♪――

美しい歌声が海域に広がり始めた。

――ひーろーがーれー♪　なーがーうみよー♪――

心が落ち着くような透明感のある歌声。

レイはこの歌声に聞き覚えがあった。

「ナンダ、コノ歌ハ!?　身体ガ動カン!?」

歌が聞こえ始めると同時に、幽霊船から生えていたアナンタはその動きを停止。

船頭にいたガミジンも突然の事に混乱する。

――さーざーなーみー♪　なーをーいわいー♪――

レイとスレイプニルはまさかと思い、後方で待機していたロキの方へと振り向く。

そこには口を開けたロキと、そこから聞こえるメアリーの歌声があった。

「どういう事だ、何故ロキ殿からメアリー嬢の歌声が」

『そう言えばさっき、メアリーの魂をロキの口に入れたんだった。多分、ロキとアリスの身体を借りて歌っているんだと思う』

レイはふとした思いつきで、魂から波紋を外に広げる。

メアリーの魂に繋げるのは容易であった。

そして反響し、戻って来た波紋にはメアリーの心の声が乗せられていた。

『わたしも……王さまや、みんなのためにできることをしたい』

『できる事を、か……』

「メアリー嬢の言葉か？」

『あぁ、一緒に戦ってくれるってさ』

「メアリー・ライス、勇気のある少女だな」

『そうだな……だから』

「うむ、一気に終わらせるぞ！」

メアリーの手はなるべくかけさせたくない。レイとスレイプニルの心がさらに重なり合う。救うべきは囚われた魂たち。討つべきはゴエティアの悪魔ガミジン。スレイプニルは幽霊船に向けて再び駆け出した。

「レイ、補助は任せる」

『言われなくても！』

レイはスレイプニルの中で魔法術式を構築し、シュルダーグングニルに付与する。

白銀の魔力を帯びた大槍が、次々と幽霊船の身体を斬り裂いていく。

だがガミジンは抵抗の素振りを見せない、否、抵抗が出来ないのだ。

メアリーがバハムートの制御呪言である歌を歌っていることで、バハムートと同化しているガミジンの身体も拘束されているのだ。

『マリー！　魔獣達と協力して幽霊船の足を破壊してくれ！』

『お安い御用ですわ！』

レイの指示に従って、ケートスと海棲魔獣達は幽霊船から生えている八本の鉄の足を攻撃し始める。

『インクドライブ！　狙い撃ちますわ！』

体内で魔力を急加速させたマリーは、必殺の攻撃を幽霊船に浴びせる。

ケートスは凄まじい威力の魔力砲撃を鉄の足に叩きつけた。

「グォォォォォォォォォォォォォォォォォ！」

脚部を破壊されたガミジンが悲鳴を上げる。

だが同情の気持ちは微塵も湧かない。それだけの事を、この男はしてきたのだ。

『まだまだァァァ！』

駆け出すスレイプニル。

拘束されてなおぐつぐつと生えようとしている肉の塊を、大槍で切り裂く。

それも一つでは無い、全身で蠢いていた肉の塊を縦横無尽に駆け、切除した。

「ウォォォ！」

そしてスレイプニルはショルダーグングニルを幽霊船に突き刺し、力任せにはるか上空へと打ち上げた。巨大な幽霊船が塩水の雨を降らせながら雲の上を突き抜ける。

「レイ、インクドライブのやり方は分かるか？」

『体内の魔力を加速させるイメージ、だろ？』

「その通りだ、任せるぞ」

『任された！』

スレイプニルは上空に打ち上げられた幽霊船に向かって駆けあがる。

そしてレイは身体中の魔力の流れを急加速させるイメージを浮かべた。

鎧装獣の状態では獣魂栞を抜き差しする事が出来ない。

故に、大技を発動する際はこのインクドライブが必要なのだ。

『「はぁぁぁぁぁぁ！」』

スレイプニルの体内で膨大な魔力がその攻撃性を高めていく。

レイは完成した攻撃エネルギーを全て、ショルダーグングニルへと付与させた。

雲を突き抜ける。

そこには上空で落下を始めている幽霊船の姿があった。

そして……こちらの準備も万全となっていた。

「ガミジン！　この一撃は、貴様に弄ばれた水鱗王の！」

『そして、テメェに殺された人たちの！』

「『怒りの声だと思えェェェ！』」

二人の魂の震えが、スレイプニルの魔力を極限にまで高めた。

『インクドライブ！』

ショルダーグングニルに纏われていた魔力が巨大な螺旋を描いていく。

そのまま、落下してくる幽霊船へと突撃した。

「『螺旋槍撃！　グングニル・ブレイク！』」

強大な螺旋魔力が幽霊船の身体を抉る。その傷口から白銀の魔力が侵入し、幽霊船の、ガミジンの身体を内側から破壊していった。

「ヌォォォ！　私ガ、私ガコノヨウナ所デェェェ、滅ビテナルモノカァァァ！」

必死に抵抗するガミジン。だがもう無意味だ。

『ぶち抜けェェェェェェェェェェェェ！』

最大出力のスラスターの推進力。そして最大出力の魔力による攻撃。

本気を出した王獣の一撃を、幽霊船如きが受け止める事は不可能であった。

「ヌゥウウウウウウウウオォォォォォォォォォォォォォォ！」

ガミジンの悲鳴が耳をつんざくが、構わず駆け抜ける。

螺旋魔力によって破壊された船体は、あっけなく貫かれてしまった。

幽霊船は大穴を開けられ、火花を散らす。

「さらばだ水鱗王よ。そして永遠に眠れ」

レイが構築した破壊術式が、一瞬の間をおいて炸裂する。

破壊エネルギーが内側から爆発。爆発が爆発の連鎖を呼び、スレイプニルの背後で幽霊船は轟音(ごうおん)を立てて爆散していった。粉々になった破片が海に落下する音が聞こえる。

　レイとスレイプニルは降下し、ガミジンが復活しないか様子を見る。

『……倒したのか？』

「だろうな。あれだけの攻撃を受けたのだ、ゴエティアの悪魔といえどただでは済むまい」

　それならば良いのだが、レイは心配で思わず海を眺めてしまう。

　すると、海の底からポツリポツリと光の玉が浮かび上がってきた。

『これは……魂の光、ですわね』

『綺麗(きれい)……だね』

　マリーとアリスにもその光は見えていた。幽霊船の中で見たあの美しくも儚(はかな)い光の玉。

　それらが海面を超えて天へと昇っていく様子であった。

『すごいな……』

　思わず感嘆の声を漏らすレイ。暗い夜の海を照らし出す程大量の魂が、次々に昇っていく。それは、今まで見た中でも最大の規模であった。

『きっとこれで終わり。だから心配しないで』

『……だな。これだけの魂が解放されてんだ。ちゃんと終わらせられたよな』

　アリスの言葉に、肩の荷が下りるのを感じ取ったレイ。

　一同はしばし、天に昇って行く魂達を眺めるのであった。

天に向かって昇る魂の光と、それを見届ける四体の鎧装獣。

ソレは、彼らから幾らか離れた海上に居た。黒い鎧(よろい)に身を包んだソレは、海の上に仁王立ちして、スレイプニル達を見つめている。

「まさかガミジンがやられるとはな……」

『あいつを見届けるだけで終わらせるつもりだったけど、これは思わぬ収穫ができそうだね。フルカス』

「そうだな」

黒い鎧の騎士こと、フルカスは自身の契約魔獣に短く返す。

その顔はバミューダでレイと遭遇した、黒髪赤目の男でもあった。

フルカスの顔を覆い隠すように兜(かぶと)が装着されると、彼は腰に携えていた一振りの黒剣を素早く引き抜いた。

「まさかこのような辺境の地で指輪が見つかるとはな」

フルカスの視線はスレイプニル、そしてその中に融合しているレイに定まる。

『ねぇフルカス、早くやろうよ。僕もうウズウズして仕方ないんだ』

「そう急(せ)くな。太刀筋がブレる」

定規を彷彿（ほうふつ）とさせるデザインの剣にガンメタリックの魔力を流し込む。一撃で沈められるとは到底思っていない。だが最初の一撃が大打撃になるよう、フルカスは静かに集中して狙いを定める。

「恨むなら恨め。だが王の指輪の回収は、俺の使命の一つだ」

術式を構築して装塡。あとは振り下ろすのみ。

「む？」

フルカスが剣を振り下ろした次の瞬間であった。突如目の前に現れた黄金の刃に、その太刀筋を妨害されてしまった。フルカスは鎧の下から、その刃の主を睨（にら）みつける。

「俺の邪魔をするのか、黄金の少女よ」

《フルカス……あの人達には手出しさせない》

プレッシャーに負けることなく、黄金の少女も仮面の下から睨みつける。

『彼らに味方するなんて意外だね、君は僕達よりの存在だと思ってたのに』

《ふざけないで。私達はゴエティアとは違う》

「その割には、世界の敵とも呼ばれているようだが？」

黄金の少女は無言で、小さく唇を嚙（か）む。

だが手にした銃剣（プロトラクター）を握る力は弱めない。

《私達のやる事はずっと変わらない。私達はあの人を守る。それを邪魔するなら、私達はここで貴方（あなた）を滅ぼす》

そう言うと、黄金の少女の身体から膨大な魔力が解き放たれ始めた。

人の数人程度なら一秒とかからず飲み込んでしまえそうな黄金の魔力。流石にこれを直に受けるのは不味いと感じ取ったのか、フルカスはバックステップで距離を取った。

「本気で死合うか、小娘……」

フルカスも対抗するように全身から魔力を解放しようとする。

だがそれを、彼の契約魔獣は許さなかった。

「……何をしている、グラニ」

『それはこっちの台詞だよ。相手を選びなよフルカス』

「俺が小娘如きに遅れを取るとでも？」

『普通のならね。でも相手をよく見なよ。あの時渡の怪物、黄金の少女だよ。本気でやり合うなら一個大隊の犠牲じゃ利かない』

「……」

『それに、変に手を出さないなら、向こうも見逃してくれるみたいだよ』

フルカスは強者故に理解できた。今の黄金の少女が、攻めではなく守りの態勢に終始している事を。しばし睨み合う二人。だが流石に分が悪いと感じ取ったのか、フルカスは静かに剣を納めた。

「戻るぞ、グラニ」

『まぁ、流石に分が悪いよね』

少しばかり笑い声を出すグラニに、睨みを利かせるフルカス。

フルカスはダークドライバーを取り出すと、後ろの空間に向けて一振りした。

空間に裂け目が出来て、こちらの世界と向こうの世界が繋がる。

「覚えておけ、黄金の少女よ。我らに敵対するのならば、先に身を滅ぼすのはそちらだぞ」

《なら私達は、それより先にゴエティアを滅ぼす》

黄金の少女を一瞥すると、フルカスは空間の裂け目に姿を消してしまった。

その直前、グラニがある呟きを残す。

『あぁ、早く戦いたいよ。スレイプニル……いや、兄さん』

フルカスが作った空間の裂け目が消えたのを確認した黄金の少女は、スレイプニル達の方へと目を走らせる。四体の鎧装獣は此方の異変に気付く事無く、未だ魂の光を見届けている。

黄金の少女がかけた認識阻害の魔法が効いたようだ。

《レイ……また遠くないうちに、ね》

黄金の少女がそう呟くと同時に、潮風が一つ吹きすさぶ。

風にかき消されたかのように、海上から少女の姿は消えてなくなっていた。

天に昇る魂を見届けた後、レイ達（たち）はバミューダの街へと戻った。

その頃には幽霊もボーツの姿もなく、既に事後処理が始まっていた。

後でフレイア達に聞いたところ、レイ達が幽霊船を撃破した直後に、街を彷徨（さまよ）っていた幽霊は全て姿を消してしまったらしい。ただしボーツは街に残っていたのだが、フレイア達が猛スピードで街中を駆け巡り一体残らず撃破。レイ達が戻って来た頃にはきれいさっぱりと言うわけだ。

幽霊船を撃破した事で、幽霊に魂を狩られた人達も無事に生き返った。しかし戻ったのはあくまで帰るべき肉体が残っていた人々だけ。数年単位で行われていたガミジンの狩りで、戻ってこられなかった犠牲者の方が圧倒的に多かった。それでも街の人々は、幽霊船を撃退してくれたという事で、レイ達に感謝の言葉を述べていた。

そして翌朝。バミューダの海に魔力（インク）は浮かんでいなかった。幽霊船が消えた以上、近隣の魔獣達が人間に警告をする必要はもうない。海があるべき姿を取り戻した事で、港に停泊していた船達は一斉に目的地へと舵（かじ）を切って行った。

これで全てが解決したと、バミューダの市長からは号泣しながら感謝されたレイ達。

これにて一件落着。あとはセイラムに戻るだけ……なのだが、レイは市長に頼み込んである物を貰った後、街の端にある浜辺へと足を運んだ。目的地は例の廃墟であった。

レイ達はあえて魔装に身を包んで、廃墟の前に立っている。

きっと今の彼ら以外には見えていない。しかしレイ達には見えていた。

メアリーと、その家族の姿が。

「本当に、ありがとうございました」

母親が頭を下げるのを、レイは慌てて辞めさせる。

「やめてください。むしろすいません。俺達に出来る事は、これが精一杯でした」

「何故謝る」

そう言ったのは老人。ルドルフ教授だった。

「人は神様ではない。死者を生き返らせる事など出来んのじゃよ。じゃが、死者を蘇らせたいという若い気持ちは痛いほど知っておる。儂もそうじゃった……」

「教授は、霊体研究で誰かに会いたかったのですか？」

「あぁ……死んだ妻にな。皮肉なもんじゃの、妻の魂を現世に縛り付ける研究が、自分達の魂を成仏させる事になってしまうとは」

どこか自嘲気味に喋るルドルフに、レイは胸が締め付けられるのを感じる。

「お前さんが傷つく必要はない。むしろ胸をはってくれ」

「誇っていいのか、俺には分かりかねます」

「誇れる事じゃ。死者の魂を救うなんぞ、御伽噺のヒーローじゃないか」

「ヒーロー、か……」

数瞬考え込んだ後、レイはルドルフに問いかけた。

「これで良かったのかな?」

「あぁ、そうじゃな。大切な人が苦しまんで済むなら、それに越したことはない」

安心し、顔を緩ませるルドルフ。そしてメアリーの両親。

それを見たレイも、どこか心が軽くなるのを感じた。

「なぁ、セイラムの操獣者よ……名前を教えてくれんかの」

顔を上げて聞いてくるルドルフに、レイは一瞬答え方を考える。

「レイ・クロウリー。ただの魔武具整備士さ」

レイのファミリーネームを聞いた瞬間、何かを察したルドルフは「そうか、そうか」と何度も頷いた。

「そうか、そういう事じゃったか。ありがとうな、二代目の少年」

「……まだ、程遠いですよ」

そして、淡い光が家族を包み……その姿を現世から消し去った。

事件を通して、父親の背中に一歩前進できた実感を得られたレイ。

むず痒くも、少し笑みが零れていた。

◆

その後すぐにセイラムに戻ったチーム：レッドフレアの面々。

帰りの道中に、レイは今回の事件の顚末を紙にまとめ上げ、帰ってくるや否やすぐにギルド長に提出した。

執務室で報告書を読み上げるギルド長を、レイは緊張した面持ちで待っていた。

「ふむ……ふむ……なるほどのう」

ペラペラと紙を捲る音が終わる。

ギルド長は机に置いてあったキセルと一服すると、ため息交じりに煙を吐いた。

「これは中々、シビアな試験になったもんじゃのう」

「ミスタ・クロウリーの意地っ張りも、ここまでくれば尊敬に値します」

「全くじゃのう」

ギルド長はレイの報告書とは別の紙を一枚取り上げる。

依頼人であるバミューダシティの市長が書いた、依頼完了の証明書だ。

「難易度Aの依頼をよく完遂したものじゃ。これは文句なしに試験合格じゃな」

「その他必要な手続きは追って連絡します。それまではゆっくり休んでいてください」

「よっしゃ、合格！」

レイは喜びのあまり大きくガッツポーズをする。

これで正式にギルド所属の操獣者となったわけだ。

「まぁ疲れたじゃろう。今日は帰ってゆっくりするといい」

「そうですね、そうさせて貰います……でもその前に！」

威圧感を増し増しにしながら、レイは一枚の紙をギルド長の眼前につきつけた。

まじまじと見るギルド長。それは今回の事件の依頼書であった。

「ギルド長？　依頼書の難易度ってミスが出ないように複数回チェックする筈ですよね？」

「そ、そうじゃな」

「そしてもしミスがあった場合、その責任は最後にチェックした人に行くんでしたよね？」

「そうじゃな。まったく、こんな凡ミスをしおって、けしからん奴じゃ」

顔をしかめて怒るギルド長。

だがギルド長のその様子を見る程に、レイの額には青筋が浮かび上がっていた。

「ギ・ル・ド・長？　最後にチェックした人のサイン見て下さい」

「おうおう、一体誰じゃ、こんな凡ミス……を、した……」

「どうしたんですか、俺が代わりに読み上げましょうか？」

レイは依頼書をギルド長から引き離して、そのサインの主を読み上げる。

「最終チェック、ウォルター・シェイクスピア」

自身の名前が読み上げられて、ギルド長は一気に顔を青ざめさせる。

汗も滝の様に流れ出始めた。

「いや、あの、これは、その……」

「ヴィオラさーん！　このチェックの日付の日、ジジイは何してましたー!?」

「あぁ待て、レイ！」

上層部への連絡を終えていたヴィオラは淡々と手帳を開き始めた。

「えぇと、その日のギルド長は……珍しく仕事を早く終えて、食堂の女子にちょっかいを出しに行ってますすね」

「つまり……女の子にセクハラしたいが為に、適当な仕事をしたと？」

レイの背中から凄まじい怒気が解放される。

そのあまりのプレッシャーに、ギルド長もたじたじとなっていた。

「いや、あの、レイ。ワシの何時もの仕事っぷりは知っておるじゃろ？　たまたまじゃ。その時たまたま」

「だがアンタのミスには変わりねぇよなァ、オイ！」

凄まじい形相で睨みつけるレイ。

ギルド長も思わず悲鳴が出てしまう。

「頼む、許して！　許して！　なんでもするから！」

「あん？　なんでも？」

それを聞いたレイは即座に、心底悪い笑みを浮かべた。

「じゃあギルド長。ここは大人らしく誠意を見せてもらいましょうか？」

「せ、誠意？」

「そうです！」

そう言うとレイはポケットから一枚の紙を取り出して、ギルド長の顔にねじ込んだ。

「な、なんじゃこれ？」

「バミューダシティの市長さんから貰ってきた素敵なプレゼントです」

顔についた皺だらけの紙を剝がして、内容を読むギルド長。

「えーっと、何々……教会の修繕費⁉」

「今回の事件で俺らが壊しちゃった教会のやつです」

「ゼロが一、二、三、四……たくさん⁉」

「ギルド長。謝罪代わりの支払い、お願いしまーす」

「いや待てレイ！　これは流石に――」

「誠意見せるんじゃねーのか、オイ？」

「いやしかし……ヴィオラ！」

涙目で秘書のヴィオラに助けを求めるギルド長。しかし現実は残酷なものである。

「まぁ、今回はギルド長が全面的に悪いですね」

「と言うわけでヴィオラさん。この支払い、全額ジジイにつけて構いませんよね？」

「……ま、ギルド長には丁度良いお灸でしょう」

眼鏡の位置を直しながら、ヴィオラはやれやれとため息をつく。

「言っておきますが、ギルドの予算から支払おうなんて思わないでくださいね。私が許可しませんので」

「グ、グヌヌ……」

「ギクッ」

「付け加えれば私が監視していますので、逃げられるとは思わないでください」

「しょ、しょんなぁ」

「それじゃあ俺はこれで。ギルド長、耳揃えてちゃーんと払ってくださいね」

ニヤニヤしながら、レイは軽く手を振って執務室を後にした。

執務室のすぐ近くで、一連の話を聞いていたフレイア達が話しかけてくる。

「はぁ……ギルド長もおいたが過ぎますわ」

「よかったのレイ?」

「いいんだよ。これで」

その直後、背後からはギルド長の悲痛な叫びが聞こえて来た。

「な、なんでこうなるんじゃァァァァァァァァァァァァァァ!?」

「天罰だ、クソジジイ」

その後しばらくの間、修繕費を自腹で払う為に、ヴィオラに監視されながら馬車馬の如く働くギルド長の姿が目撃されたそうだ。


【終】

あとがき

　というわけで鴨山(かもやま)です。『白銀』第二巻をご購入していただき、ありがとうございました。今回も自分の好きなもの盛り盛りな内容となっております。主にメタルなビーストとか巨大船とか。

　さて、ＷＥＢ版をお読みになった方は気づいたと思われますが、今回の第二巻はＷＥＢ版の第二章がベースとなっております。

　ただし内容は色々変わっています。なんならキャラまで変わっています。

　それはさておきまして、今回も刀彼方(かたなかなた)様のイラストが素晴らしいことこの上ないです。表紙でもマリーが持っている二挺(ちょう)の銃、僕自身かなり無茶ぶりしたかなと思っていたのに、凄(すさ)まじくカッコいいデザインになりました。感動の涙が止まりません。

　本当に素晴らしいイラストを描いていただいて、感謝の極みでございます。将来的にはアレとかアレの絵も見たいな～（ＴＨＥ願望）。

　今回の巻は色々と謎を残して終わったので、シリーズが続く範囲でゆっくりと回収していきたいです。というか回収させてください。

　この第二巻も様々な方に支えられて、無事出版に至りました。関係各所の皆様、本当にありがとうございます。

　それでは読者の皆様、またどこかでお会いしましょう。

落ちこぼれから始める白銀の英雄譚 2

発　行　2023年5月25日　初版第一刷発行

著　者　鴨山兄助
発行者　永田勝治
発行所　株式会社オーバーラップ
〒141-0031　東京都品川区西五反田8-1-5
校正・DTP　株式会社鷗来堂
印刷・製本　大日本印刷株式会社

Printed in Japan　ISBN 978-4-8240-0494-9 C0193

作品のご感想、ファンレターをお待ちしています

あて先：〒141-0031　東京都品川区西五反田8-1-5 五反田光和ビル4階　オーバーラップ文庫編集部
「鴨山兄助」先生係／「刀 彼方」先生係

PC、スマホからWEBアンケートに答えてゲット!

★この書籍で使用しているイラストの『無料壁紙』
★さらに図書カード（1000円分）を毎月10名に抽選でプレゼント!

▶https://over-lap.co.jp/824004949
二次元バーコードまたはURLより本書へのアンケートにご協力ください。
オーバーラップ文庫公式HPのトップページからもアクセスいただけます。
※スマートフォンとPCからのアクセスにのみ対応しております。
※サイトへのアクセスや登録時に発生する通信費等はご負担ください。
※中学生以下の方は保護者の方の了承を得てから回答してください。

オーバーラップ文庫公式HP▶https://over-lap.co.jp/lnv/